[Author] 柚本悠斗
[Illust.] magako
[キャラクター原案] あさぎ屋
4
JN131484
クラスのぼっちギャルを
お持ち帰りして
清楚系美人にしてやった話
Class no botti GAL wo
omotikaeri shite
seisokei-bijin ni siteyatta
hanashi

「綺麗だね……」
葵さんは暗がりの中でも
はっきりわかるほどに瞳を輝かせる。
まるで遊園地に遊びにきた子供みたいに
無邪気な笑顔を浮かべながら。

［そうとめ あおい］
五月女 葵

俺の目の前には、
生足へそ出しミニスカ姿の
サンタクロースがいた。
「ど、どうかな……？」

[あさみやいずみ]
浅宮泉
「メリークリスマス！」

あの日——俺たちが出会った公園。
まるで祝福するように
桜の花びらが舞い落ちる中、
並んでベンチに腰を掛ける。

「桜に覆われた景色も
綺麗だね」

CONTENTS

Class no botti GAL wo omotikaeri shite seisokei-bijin ni siteyatta hanashi

GA文庫

クラスのぼっちギャルを
お持ち帰りして
清楚系美人にしてやった話4

柚本悠斗

GA文庫

カバー・口絵・本文イラスト
magako
キャラクターデザイン
あさぎ屋

Prologue プロローグ

とある雨の日、近所の公園で金髪ギャルこと葵（あおい）さんを拾ってから半年が過ぎた。

半年——言葉にすれば一言だが、一言では言い表せないほど色々なことがあった。

葵さんがクラスに馴染（なじ）めるように協力したり、校内での悪評を改善するためにテスト勉強や学校主催の奉仕活動を頑張ったり、祖母を探すために夏休みに田舎（いなか）を駆け回ったり。

そうした努力が実を結び、夏休みが終わる頃には葵さんの問題は一通り解決。

その過程で九年ぶりに父親と再会を果たし親子関係を再開することもできた。

だが、喜んでいたのも束の間。


——葵さんの前に、行方（ゆくえ）をくらませていた母親が現れた。


母親はまた一緒に暮らそうと情に訴える。

だが、その目的が葵さんの養育費なのは明らかだった。

お金のために『家族』であることを都合よく利用しようとする母親。

葵さんは母親の本心を理解した上で、それでも家族をやり直そうと自らの意志で母親と向き合うことを決め、俺（おれ）に『必ず帰ってくる』と言い残して母親の元へと帰っていった。

だけど……残念ながら葵さんの望むような結果にはならなかった。

母親が葵さんの想（おも）いに応（こた）えることはなく、破綻した家族関係をやり直すことはできず――

それでも葵さんは、お互いの未来のためにと母親へ別れを告げた。

こうして葵さんの抱える全（すべ）ての問題が無事解決。

葵さんを取り巻く環境は当初に比べ劇的に変化したといっていい。

だけど変化したのは、葵さん自身や葵さんを取り巻く環境だけじゃない。

葵さんと過ごす日々の中で、俺と葵さんの関係もまた変わったように思う。

最初はただ、葵さんが初恋の女の子とダブって見えたから。

思い出の中――いつも教室の片隅で一人寂（さび）しそうにしていた女の子の記憶。

雨の公園でベンチに座っている葵さんを見つけた時、思わず声を掛けずにはいられなかった理由。

葵さんが初恋の女の子だとは知らなかった俺は、それだけの理由で手を差し伸べた。

きっかけはともかく、その後も葵さんの力になり続けてきたのは庇護欲（ひごよく）と関（かか）わったことへの責任感からで、そこに一切（いっさい）の恋愛感情のようなものはなかった。

葵さんが初恋の女の子だと知ってからも、その想いは変わらなかった。

だけど……。

葵さんと共に過ごす日々の中、葵さんが自らの意志で歩みを進めようとする姿を見て、もう俺の助けは必要ないとわかった時、わずかな寂しさを感じると同時に気づいたんだ。

学園祭後の屋上で、一緒に夜空に咲く花火を見ながら思い出した懐かしい想い。

かつて幼い頃に抱き、ずっと忘れていた気持ちが蘇(よみがえ)るような感覚。

ずっと名前を付けることができなかった感情に対する答え。

それは俺の人生において二度目の経験。


——人はこの感情に『恋』という名前を付けたんだと。


自分の恋心に気づいた今、俺はこの恋にどんな決着をつけるべきだろうか？

やがて嫌でも訪れる別れを前に、俺は葵さんとの関係をどうしたいんだろうか？

タイムリミットが残り三ヶ月と迫る中、恋心を自覚したからこそ新たな悩みを抱えつつ、葵さんに二度目の恋をしたことに幸せを感じると同時、心の片隅に残るわずかな懸念(けねん)。

懸念と呼ぶにはあまりにも些細(ささい)な違和感のようなもの。

——私は晃君さえ傍にいてくれればいい。


それが不可能だとわかった上での言葉なのは疑うべくもない。

もしかすると、不可能だとわかっているからこその言葉なのかもしれない。

そうだとしたら、葵さんの言葉に込められた真意はいったいなんだろうか?

せめて残された時間だけでも、お互いに心穏やかに過ごすことができればいい——そんな想いとは裏腹に、やがて懸念が現実になるなんて、この時の俺は思いもしなかったんだ。

本当、嫌になる……。


いつだって嫌な予感ほど当たってしまうのだから。

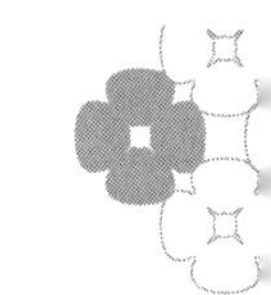

第一話　そうだ、卒業旅行に行こう

十二月、最初の土曜日の午後――。

「きりのいいところまで進んだし、そろそろ休憩にしない？」

我が家のリビングに、泉（いずみ）のお疲れ気味の声が響いた。

「もうか？　まだ始めて二時間も経（た）ってないだろ」

「そうだけど、おやつの時間で小腹も空いたしさ。ね、葵（あおい）さん♪」

「うん。そうだね」

壁に掛けてある時計に目を向けると、針はちょうど十五時を指している。

土曜日のおやつ時に、いつものメンバーでなにをしているかというとテスト勉強。

一学期、葵さんが定期テストで赤点を回避できるように二泊三日の勉強合宿をして以来、テスト前にはこうして集まって勉強するのが恒例行事になっていた。

ちなみに勉強合宿と葵さんの努力の甲斐（かい）もあって、二学期の中間テストも赤点を回避。

そんなわけで、再来週から始まる期末テストに向けて今回も勉強合宿をしていた。

「葵さんもこう言ってるし、ちょっと話したいこともあるしさ♪」

葵さんもって、それはおまえが言わせせただけだろうと思いつつ。

泉がこんな感じで含みを持たせている時は大体なにかを企んでいることが多い。

正直なところ、話を聞く前から嫌な予感がしなくもないんだが……。

「じゃあ、お菓子の用意でもするか」

とはいえ話があるっていうのを無視するのもなんだしな。

「ありがと！　お煎餅があると嬉しいな～♪」

「ちゃんと買ってあるよ。お茶も淹れ直してやるから少し待ってな」

「さすが晃君、これぞ至れり尽くせりってやつだね！」

泉は勉強疲れも吹き飛ばす勢いで喜びの声を上げた。

「葵さんと瑛士もお茶のお代わりいるだろ？」

「うん。もらえると助かる」

「晃君、私も手伝う」

「ありがとう」

葵さんと二人でテーブルに置いてあった空の湯飲みを手にキッチンへ向かう。

お茶を淹れるのは葵さんに任せ、俺はお菓子のストック棚からお煎餅を見繕う。

一人暮らしを始めた頃はお菓子のストックなんてしていなかったが、ちょこちょこ日和が帰ってきたり、泉が家に来たりする機会が増え、買い置きしておく習慣が身に付いてしまった。

だけど一番の理由は、俺も葵さんも学園祭でお茶にはまってしまったからだろう。

まさか自分がこんなにお茶を好きになるとは思わなかったが、やっぱりお茶を飲む時は和菓子やお煎餅が欲しくなるよな。

「それで、話したいことってなんだ？」

お茶とお煎餅の用意を終え、葵さんと一緒にリビングへ戻る。

テーブルに置いてみんなに配り終えると、泉がお煎餅の袋を開けながら口にする。

「実はね、クリスマスに合わせて卒業旅行に行こうと思ってるの」

「クリスマスに合わせて卒業旅行？」

唐突な提案に、思わず疑問の声を上げてしまった。

「クリスマスに合わせた旅行はわかるが、卒業旅行ってどういう意味だ？」

俺たちは高校一年生だから卒業旅行に行くとしても二年早い。

言葉の意図が摑めず首を傾げると、補足するように瑛士が説明を始める。

「三月で転校する晃にとって、ある意味、この高校は卒業ともいえるだろう？　転校する前にみんなで思い出作りに旅行をしたいって三人で話をしていてね。せっかくなら冬休み、クリスマスに合わせて行けばイベント感もあって一層楽しいんじゃないかと思ってさ」

「なるほど。そういうことか」

泉の突拍子もない話や提案を、瑛士が補足してくれるのはいつもの光景。

こんなところでも恋人としての相性の良さを見せつけられると少し羨ましい……最近そう思うようになったのは、俺が人生で二度目の恋をしているからかもしれない。

まさか二人を羨ましいと思う日がくるなんてな……。

それはさておき——。

「みんなが乗り気なら俺も賛成。むしろ感謝したいくらいさ」

以前の自分なら嬉しいと思うと同時、別れを意識して寂しさを覚えていただろう。

もちろん全く寂しくないわけじゃないが、自分の気持ちに折り合いをつけ転校を受け入れた今、素直に三人の気持ちを嬉しいと思えた。

「具体的な場所や日時は決めてあるのか？」

「もちろん♪」

泉はバッグから『人気温泉宿ランキング』と書かれたガイドブックを取り出す。

するとパラパラとページをめくり、とある温泉地の特集ページを開いて見せた。

そこには県民なら誰もが知る、山間部にある秘境の温泉地が載っていた。

「場所はここの温泉で、日程は二十三日から二十五日の二泊三日。冬の間は雪まつりが行われてるらしくてね、若いカップルや家族連れにも人気のスポットなんだって！」

泉が興奮気味に説明するように、特集ページには四季折々の美しい写真が並ぶ中、冬季のイベント『雪灯りの里』と呼ばれる雪まつり会場の写真が載っていた。

控えめに言って、めちゃくちゃよさそうな温泉地だった。

「すごくよさそうだが、今から予約して旅館とれるのか？」

「それなら僕が先月のうちに四人分まとめて予約しておいたから大丈夫。この時期は早めに予約しておかないと部屋が埋まってしまうからね」

さすが瑛士、その辺りは抜かりないか。

「準備がいいのは助かるが、俺の予定が合わなかったらどうするつもりだったんだ？」

「晃君が来れなかったら三人で行こうと思ってたから大丈夫」

泉はお煎餅をかじりながら言うんだが、なにが大丈夫なんだと言い返してやりたい。

俺の卒業旅行なのに当人を置いていく前提で話を進めないで欲しい。

「それに、晃君にクリスマスの予定があるはずないもん」

「ぐぬぅ……」

泉は聞くまでもないといった感じで断言した。

事実、予定はないから言い返せないんだが、それはクリスマスを一緒に過ごす彼女がいないという意味か、それとも、俺が葵さんと過ごしたいと思っているのがバレているんだろうか？

どちらもありえるが……十中八九、前者だろうな。

まぁそれでも、みんなには感謝しかない。

「そうと決まれば勉強を再開しよう。もし赤点を取ったら冬休みに入って早々、卒業旅行の日程で補習を受けなくちゃいけない。つまり、赤点を取った奴はお留守番決定ってわけだ」

万が一にもそうならないようにと思って言ったんだが……。

「どうしよう……私だけ赤点だったら」

正直、言ったことを後悔した。

俺の隣で葵さんがこの世の終わりのような表情を浮かべて震えている。

「だ、大丈夫だよ。中間テストは全教科赤点を回避できたんだしさ！」

葵さんには申し訳ないが、確かに赤点を取る可能性が一番高いのは葵さん。

俺が余計なことを言ったせいで葵さんを不安にさせてしまった手前、必死にフォローの言葉を掛けるが、葵さんはまるで生まれたての小鹿のようにプルプルと肩を震わせる。

状況が状況だけに、生命の神秘さは微塵も感じず悲壮感しか感じられない。

「晃君、ちゃんと責任取って勉強教えてあげるんだぞ～」

「もちろん。まだ一週間以上あるし、俺が教えてあげるから一緒に頑張ろう！」

「……本当？」

元気づけようと声を掛けると、葵さんは瞳を潤ませながら俺の顔を覗き込んできた。

こんな時に不謹慎だが、不安そうな表情を浮かべながら縋るように見上げてくる葵さんの仕草にドキッとさせられると同時、自分の中の新しいナニかが刺激される。

おかしい……俺に女の子の泣き顔を見て興奮する性癖はなかったはず。

新しい世界の扉を開きかけた俺の心の内を読んだのか。

「晃君てば、こんな時に不謹慎♪」

「言われなくてもわかってるわ！」

いつものように泉にからかわれる始末。

俺たちは四人揃(そろ)って卒業旅行に行けるよう、お茶とお煎餅を片手に勉強を再開。リビングにお煎餅をかじる音が響く中、日が暮れるまでノートに向かう。

こうして一泊二日の勉強合宿は遊ぶ間もなく勉強だけして過ぎていった。

卒業旅行で温泉か……今から楽しみで仕方がない。

＊

そして日々は過ぎ、期末テストが終了。

週明けにテスト結果の発表と終業式を残すのみとなった、とある日の夜のこと。

「るんるんるんる〜ん♪」

お風呂(ふろ)から上がると、リビングから聞きなれない誰かの鼻歌が聞こえてきた。

誰かの鼻歌なんて言い方をしておいてなんだが、この家には俺と葵さんしかいないから疑うべくもなく葵さんだろうし、事実、歌声からも葵さんで間違いないだろう。

それでも『誰かの』と言ってしまったのには理由があって……。

俺は葵さんが鼻歌を歌っているところを一度も見たことがなかったから。

ドアを開けてリビングに足を踏み入れると、葵さんはソファーに座って上機嫌、鼻歌交じりに頭を左右に揺らしてリズムを取りながら、ルンルンでバッグに荷物を詰め込んでいた。

「旅行の準備?」

「うん。ちょっと気が早いと思うんだけど」

葵さんは子供みたいに無邪気な笑顔を浮かべる。

「楽しみで準備せずにはいられなくなっちゃった?」

「え? なんでわかったの?」

「葵さん、楽しそうに鼻歌を歌ってたからさ」

「え――――?」

葵さんは驚いた様子で目を丸くする。

次の瞬間、恥ずかしさのあまり顔を赤く染めた。

「私、鼻歌……歌ってた?」

どうやら無意識だったらしい。

「ああ。廊下まで聞こえるくらいルンルンだったよ」

「ううぅ……」

葵さんは小さくうめきながら両手で顔を隠し、わかりやすく恥ずかしがる。

そんなリアクションが微笑ましくて、ついつい意地悪をしたくなってしまった。

「ちなみに一つ聞いていい？」

「……なに？」

「なんで鼻歌が森のくまさんだったの？」

「え？」

すると葵さんは一瞬固まり。

「森の……くまさん？」

自分でもびっくりした様子で首を傾げた。

どうやら『森のくまさん』を歌っていた自覚はなかったらしい。

でも、そんな気はしていた。

葵さんは自分が鼻歌を歌っていたことに気づいていなかったんだから、当然、歌っていたのが『森のくまさん』だと気づいているはずもない。

葵さんは照れ顔から一転、真面目な顔で考え始める。

しばらくすると顔を上げ――。

「……たぶん山奥の温泉地に行くから、くまさんに会えると思ったのかも」

本気か冗談かわからない感じで答えた。

「そ、そっか……」

これはどう突っ込んだらいいんだろうか？

森のくまさんは誰もが幼い頃に歌ったことがあり、歌詞や曲調から、まるでくまさんがフレンドリーで良い奴みたいに描かれているが、リアルで遭ったら恐怖でしかない。

事実、森のくまさんは元々アメリカ民謡が原曲で『熊に追いかけられてマジで死ぬかと思ったｗ』的な歌詞であり、日本語版のような『くまさんに落とし物を拾ってもらって仲良くなったから一緒に歌っちゃった♪』みたいな謎のハッピーエンドを迎える歌詞じゃない。

なぜ日本語版で可愛らしく改変されたのか気になる方は、ぜひ調べてみて欲しい。

めちゃくちゃ話がそれたが、葵さんにそんな指摘をするのも忍びない。

どこまで本気か判断がつかないが優しく突っ込んでみる。

「たぶん、くまさんは冬眠中で会えないいんじゃないかな？」

「そっか。そうだよね……」

少し残念そうにしょんぼりしている辺り、どうやら冗談ではないらしい。

マジかと思わなくもないが、ある意味それは仕方がないのかもしれない。

なぜなら、熊は得てして可愛いキャラクターとして描かれていることが多い。

だから熊と聞いて怖いと思うよりも先に可愛いと思う人は意外と多く、特に小さい子供ほど思っているはず。はちみつが大好きなプ○さんとか、リ○ックマとかな。

これはもはや、キャラクタービジネスの弊害と言ってもいいだろう。

リアルである日、森の中でくまさんに出合ったらホラーかサスペンスなんだから、大人は子供が幼い頃から熊の恐ろしさについて教えるべきだと思う。

なんて、あらゆるくまさんコンテンツに喧嘩(けんか)を売るメタい話はさておき。

「まぁでも、鼻歌を歌いたくなるくらい楽しみなのはいいことだよな。俺も楽しみだし、卒業旅行を計画してくれた泉や瑛士には感謝しないと」

いつまでも恥ずかしがる葵さん相手に羞恥(しゅうち)プレイを続けるのも可哀想(かわいそう)。

気を取り直し、話題を変えようと明るく振る舞う。

「葵さん、どうかした？」

すると葵さんは、なにやら思うところがあるような表情を浮かべた。

どうしたのかと思って尋ねると、少し視線を泳がせた後。

「実はね、今回の卒業旅行……私が計画したの」

「え……？」

思ってもみなかった言葉を口にした。

「葵さんが計画？　瑛士が予約したって言ってたのは……」

「予約は瑛士君がしてくれるっていうから、お言葉に甘えてお願いしたんだけど、言い出したのは私なの。晃君が転校する前にたくさん思い出を作ってもらいたくて」

「葵さん……」

正直、驚きに声を詰まらせてしまった。

もちろん嬉しい告白だが、それ以上に驚きの方が上回ってしまった。

なぜなら俺は葵さんとずっと一緒にいて、どういう女の子かを理解しているから。

以前の葵さんなら計画をしても俺には言わず、こっそり泉に相談していたに違いない。

事実、俺と仲良くなりたいからと、夏休みに泉と日和に相談していたことや、俺に思い出を作って欲しいからと、泉に相談して学園祭実行委員を一緒にやったこと。

どちらも泉の暴露で俺に知られてしまったが、俺に秘密でしていたことだった。

それが今ではこうして『計画したのは自分だ』と言ってくれる姿を見て、他の人からすれば些細なことかもしれないが、俺には驚かずにはいられないほどの変化だった。

出会った頃の葵さんからは想像もできない。

「葵さん、ありがとう……」

「ううん。私が好きでしてることだから」

感謝の言葉しか出てこない。

「でも、晃君が少しでも喜んでくれたなら嬉しいな」

そう言って笑顔を浮かべる葵さん。

その笑顔が滲みそうになるのを必死に堪える。

「温泉は一学期の期末テストの打ち上げ以来か……楽しみだな」

「うん。温泉も楽しみだけど、クリスマスイベントも楽しみだね」

「雪まつりをやってるんだっけ？」

「クリスマス限定で特別仕様になってるんだって。私、クリスマスをお祝いするのは久しぶりなの。最後にお祝いしたのは両親が離婚する前だから、あんまり覚えてないんだけど……」

葵さんはいつも身に着けている紫陽花（あじさい）の髪留めを外す。

「これね、お父さんとお母さん、二人から貰（もら）った最後のプレゼントなの」

それは葵さんにとって、まだ家族が幸せだった頃の思い出の品。

葵さんが毎日欠かすことなく着けていた紫陽花の髪留め。

あまり覚えていないとはいえ、決して長くはなかった家族生活の思い出が詰まっているとしたら、父親と再会し母親と決別をした今、髪留めに込める想（おも）いに変化はあるのだろうか。

「あっ……」

紫陽花の髪留めに目を向けながら、そんなことを考えていた時だった。

俺は大切なことを失念していたことに気が付いた。

「晃君、どうかした？」

「あ、ああ。いや……なんでもないよ」

「そう？」

「よし。俺も荷造りしようかな！」

そう言い残してリビングを後にする。

自分の部屋に入ってドアを閉めた直後、思わず声が漏れた。

「やばい……クリスマスプレゼントのこと、すっかり忘れてた」

スマホをポケットから取り出し、ネットバンキングで残高を確認してみる。

学園祭の前、葵さんのアルバイト先の喫茶店で働かせてもらった給与が入ったばかりだから
お金はあるし、今週の土日は特に予定はないから買いに行く時間もある。

ちなみにアルバイトは十一月いっぱいで辞めさせてもらった。

店長からも葵さんからも残念がられたが、元々学園祭が終わるまでの約束。

俺としても続けたい気持ちはあったが、この先、なにかと転校の準備や手続きに時間を取ら
れることを考えると、ここはすっぱり辞めさせてもらう方がいいと思った。

それはともかく──。

「となると、あとはどこで、なにを買うかだが……」

日和以外の女の子にプレゼントをしたことがない俺にはハードルが高すぎる。

慌ててスマホで『彼女が喜ぶプレゼント』と検索してみるが、情報が溢れすぎている今の
時代、参考になりそうでならなそうなものばかり出てくるから困りもの。

ちなみに緊急だから『彼女じゃないだろ』という突っ込みは控えてもらいたい。

画面とにらめっこを続けること三時間。

「ダメだ……」

思考の泥沼にはまっている気がする。

考えれば考えるほどわからなくなっていく。

「こうなったら頼れる奴は一人しかいない」

正直あいつに頼むのは若干不安だが、この際そうも言っていられない。

もういい時間だが、葵さんへのプレゼント選びを手伝って欲しいとメッセージを送ると、即レスで『OK～。じゃあ土曜日に買いに行こう～♪』と緩い感じで返信がきた。

「とりあえず、これでよし」

夜中までプレゼント選びをしていたせいか、それとも目途がついて安堵したせいか。

胸を撫でおろしてベッドに横になると、気が付けば朝になっていたのだった。

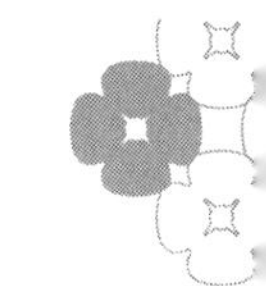

第二話　初めてのプレゼント

週末、土曜日の十三時を過ぎた頃――。

「さすがに今日はいつも以上に人が多いな……」

俺は一人、ショッピングモールの入り口に立っていた。

ここは市内に二つある大型商業施設の一つで、葵さんと同居当初に買い物に来た場所。

敷地内には映画館や家電量販店の他、温泉施設などがあり、性別や年齢問わず楽しめる場所が揃っている。そのため、週末になると多くの人が集まる人気のスポット。

その証拠に、今日も家族連れや学生たちで溢れかえっていた。

まぁ人が多く集まるのは、他に遊び場がないという田舎ならではの事情のせいもあるが……

この週末に限ってはクリスマス前だからという理由の方が大きいだろう。

俺みたいに直前になって慌ててプレゼントを買いに来る奴も多いんだろうな。

「それにしても、あれからもう半年以上経ったんだよな……」

待ち人が来るまでの間、人の流れに目を向けながら物思いにふける。

あの日、まだ金髪姿の葵さんと必要な物を買いに来た日。

傷み切っていた金髪が気になって、綺麗にしてもらおうと美容室に連れていったらギャルじゃないことが判明し、黒髪の似合う清楚系美人に大変身したんだよな。

人は見かけによらないという言葉の意味を実感させられた出来事。

その直後、瑛士と泉にばったり会い、葵さんの事情を話したことで全てが始まった。

もしあの時、二人に会っていなかったら違った今になっていたはず。

「懐かしいな……」

手放しにそう思えるくらいには俺も葵さんも幸せなんだと思う。

色々な想いが込み上げ、自然と口角が上がりかけた時だった。

「……こんなところで、なにニヤニヤしてんの？」

不意に声を掛けられ我に返って顔を上げると、目の前に泉の姿があった。

微妙に距離を取った場所で不審者でも見るかのような目を向けている。

返答次第では他人のふりを決め込んでスルーできそうな距離感。

「いやらしい想像は人がいない場所でした方がいいよ」

「してないわ！　至って健全な物思いにふけってただけだわ！」

反射的に言い返す。

自分がどんな顔をしていたかわからないが、いつもに比べたらずいぶん健全なはず。

「まぁでも、女の子にクリスマスプレゼントを贈ろうとしている男の子が相手の女の子にワンチャン期待しちゃうのは、考えようによっては健全かもしれないね♪」

まるで不健全であることが健全であるかのような言い回し。

男心がわかりすぎるのは彼氏がいるからか、はたまた中身がおっさんだからか。

理由はともかく思春期男子に理解があるのは素晴らしいが今は置いといて、泉が現れたのは他でもない、葵さんへのプレゼント選びを手伝って欲しいと頼んだから。

あの夜、俺が助けを求めてメッセージを送ったのは泉だった。

「今さらからかわれるのも、いじられるのも嫌じゃないが、今日は純粋に葵さんへのプレゼントを選びに来たんだ。ご期待に沿えず申し訳ないが、いやらしい想像はしていない」

「え？　一ミリもしてないの？」

「あ、いや……」

真顔で『嘘(うそ)でしょ？』みたいな顔をされると否定できない。

「まぁ、一ミリもないと言ったら嘘になるが……」

「素直でよろしい♪　女の子からしたら全くその気がないというか、そういう目で見られないなら見られないで、微妙だったりするからね。もちろん相手によるんだけどさ〜」

そういうものなのか……乙女心ってよくわからない。

とはいえ、安易に信じて意中の女の子にアタックをした結果、ゴミでも見るような目で『は？　キモ』と暴言を投げつけられて心が折れた先人たちは長い歴史の中で数知れず。

大切なのは、相手にとって自分がＯＫな相手かどうかの見極めだろう。

経験がないから知らんけど。

「改めて、今日は付き合ってくれてありがとうな」

「わたしが来た以上、大船に乗ったつもりでいてくれて大丈夫♪」

そこまで言い切ってくれると頼もしさしかない。

きりのいいところで話を切り上げてショッピングモールの中へ入っていくと、子供連れの夫婦やカップル、学生など、思っていた以上に大勢のお客さんが買い物を楽しんでいた。

できれば同級生に会いたくないなと思いながら泉と並んで通路を歩く。

「どんなものにしようか、多少は目星ついてるの？」

「いや……それが決まってないんだ」

「全く？」

さすがに申し訳ないと思いながら頷く。

「自分なりに色々考えたり、ネットで女の子の喜ぶプレゼントを調べたりしたんだけどさ、今まで日和以外の女の子にプレゼントなんてしたことないせいか、考えれば考えるほどわからなくなるというか、泥沼にはまっていくというか……」

「なるほどねぇ」

「できれば形に残るものや、普段から身に着けるものがいいとは思うんだけど」

「うんうん」

泉は何度も頷きながら俺の話に耳を傾けている。

なんだか今日は妙に親身になってくれているような気がした。

「いや本当、泉に頼んだのも藁にも縋る思いでさ……」

ほぼ丸投げみたいな感じだからさらに申し訳なさが募る。

するとは泉はいつもの無邪気な笑顔を浮かべ。

「そんなに落ち込まなくて大丈夫。わたしに申し訳なく思う必要もないから！」

元気を出せと言わんばかりに俺の背中を叩きながらそう言った。

「それだけ本気で葵さんのことを考えてるってことでしょ？」

「そう、なのかな……？　自分じゃピンとこないが」

「そうだよ。もちろん女の子へのプレゼントが初めてなのもあると思うけど、相手がただの友達だったらこんなに悩んだりしてないだろうし、わたしを頼ったりしないと思うんだよね」

やはり泉はいつになく気を使ってくれていると思う。

泉にそう言ってもらえ、少しだけ気持ちが楽になった。

「俺が本気だってわかったから急な頼みなのに付き合ってくれたのか？」

「それもある。でも一番は、わたしも同じだったたから晃君の気持ちがわかるんだ」

「泉も同じだった？」

「わたしも瑛士君に初めてプレゼントした時、選ぶのにすごく悩んだんだよね」

泉にしては珍しく、しみじみとした口調で語る。

それは思い出を懐かしんでいるようにも聞こえた。

「泉が悩むなんて、ちょっと意外だな」

「晃君はわたしと瑛士君が付き合いたての頃を知らないからね」

確かに泉の言う通り、俺は二人が付き合った当初のことを知らない。

俺が中学一年の途中に転校してきた時、すでに二人は付き合っていて、人目を憚らず愛を叫ぶのは今と同じ。てっきり交際当初からあんな感じだと思っていたんだが……。

どうやら泉の言い方から察するに、実際は少し違うらしい。

「付き合いたての頃はもちろん、二人の馴れ初めすら聞いたことなかったな」

「瑛士君はそういうのを友達に話すタイプじゃないし、わたしも話したことなかったね」

泉は自分の髪を撫でながら照れるような仕草を見せる。

すると、まさかの言葉を口にした。

「実はわたし、瑛士君に一度振られてるんだよね」

「は……？」

思わず足がとまった。

「びっくりした？」

「そりゃ驚くだろ。マジで……？」

とめた足を再び進めながら尋ねる。

今の二人からはそんな経緯があったなんて想像もつかない。

「わたしってほら、思い立ったら即行動するタイプでしょ？」

「ああ。良くも悪くも泉らしさだと思ってるよ」

「自分でも行動力があるのは長所だと思うんだけど、勢いだけで行動しちゃうのは短所だとも思ってる。それは恋でも同じでさ、瑛士君と付き合えるほど仲良くなる前に我慢できなくなって告白しちゃって、そりゃ振られるよねっていう」

あー……うん、言われてみれば容易に想像できるわ。

きっと瑛士としては振ったというよりも、付き合う判断ができるほど泉のことを知らないうちに告白されてしまったから、断るという選択以外できなかったんだろうな。

瑛士は何事においてもフェアだから、中途半端(ちゅうとはんぱ)な気持ちで彼女を作ったりしない。

逆に考えてみれば、そんな瑛士が付き合うと決めた浅宮(あさみや)泉という女の子は、それだけ魅力的なんだという証明でもある。

「それから改めてアプローチを始めて、わたしのことを少しずつ知ってもらって。わたしも瑛士君のことをたくさん知ることができて、振られた時以上に好きになったんだ」

一度振られても諦(あきら)めないのが泉らしい。

だからこそ瑛士はその後、泉の想いに応えたんだろう。

「でも一度振られてるから、どれだけ仲良くなれても二度目の告白ができずにいたの。そんなある日、瑛士君の誕生日が近いことを知って『プレゼントを渡してもう一度告白しよう！』って思ったの。でも、今の晃君と一緒……なにをあげればいいかわからなくて」

俺の気持ちを理解してくれたのは、そういう理由だったのか。

「あれこれ調べたり、瑛士君の友達に瑛士君の好みを聞いたり、何度もお店に足を運んでみたり。そうこうしてるうちに、結局プレゼントを選べないまま誕生日を迎えちゃったの」

「それで、どうしたんだ？」

「プレゼントなしで告白した」

マジか……。

「本当はプレゼントを用意して、お誕生日のお祝いと一緒に告白しようと思ってたんだけど、どうしても選ぶことができなかったの……ごめんなさいって正直に言って」

告白を先送りすることもできただろう。

そうしなかったのは、一度決めたことは絶対に覆さない泉らしい。

「空回りもいいところだよね。わたしなにしてるんだろうって思ったら泣きそうになっちゃって、絶対ダメだと思ったんだけど……瑛士君は、そんなわたしの告白にOKしてくれた」

「なんで瑛士はOKしたんだろうな」

「わたしがプレゼント選びを頑張っていたのを見てくれていたらしいの。瑛士君が『プレゼントを選べなかったのは、それだけ真剣に僕のことを考えてくれたということ。むしろプレゼントを選べなかったことで、君の想いの強さを知ることができた』って言ってくれた」

なるほどな……。

確かにその受けとめ方は瑛士らしい。

もし泉が告白することだけに囚われ、妥協してプレゼントを用意していたら、瑛士が泉の想いに応えることはなかったんじゃないかと思う。

プレゼントはあくまで想いを伝えるきっかけにすぎない。

相手を心から想うという告白の本質を見誤らなかった結果だろう。

「今の晃君は、あの時のわたしと一緒。そりゃ協力するよ」

「……ありがとうな」

泉の話を聞き終えると、不思議と自分の中の焦りはなくなっていた。

「そうだよな……大切なのはプレゼントそのものじゃなく、相手を想う気持ちだよな」

「そう。とはいえわたしが協力するからには、わたしの時みたいになにも用意できませんでしたなんてオチにはさせないから安心してね！」

泉は胸に手を当て得意げに鼻を鳴らす。

いつも思っているが、いつも以上に頼もしい。

「そんなわけで、目的地に着いたよ」

「ん？　着いた？」

泉はとあるショップの前で足をとめる。

つられて足をとめた瞬間、ついでに思考もとまった。

「……ん？」

目の前に広がっていたのは、目が眩(くら)むほどのカラフルな空間。

泉に連れられてやってきたのは男子禁制、秘密の花園こと女性下着ショップだった。

男子高校生にとって憧(あこが)れの場所でありながら、立ち入るどころか前を素通りすることすら許されず、せいぜい遠目に眺めるか横目でこっそりチラ見するのが精一杯。

もし男で来られる奴がいるとしたら、よほどの勇者か特殊性癖の変態さん。もしくは彼女という名の通行証をもつリア充(じゅう)だが、一緒に来たいかどうかはまた別の話。

つまり大半の男にとって異世界のような場所といっていい。

それにしても、すごいな……上下左右に規則正しく並べ飾られた下着の壁。三百六十度の大パノラマが臨むカラフルな下着の森。迷い込んだ俺は、さながら煩悩の国のアリス。

なぜ俺は親友の彼女と二人で下着ショップに来ているんだろうか？

ぶっちゃけどころか、すこぶる気まずい。

「さっそく入ろっか♪」

「ちょ、ちょっと待ってくれ！」

慌てて泉の肩を摑み、全力で引きとめた。

驚きと気まずさと恥ずかしさで腰が引ける。

「どうしたの？」

「どうしたもなにも、なんで女性下着ショップなんだよ」

「葵さんへのプレゼント、下着がいいと思うんだよね♪」

「は……？」

まさかの提案に思考がフリーズ。

こいつマジで言ってんのか……？

「ここ、葵さんのお気に入りなの。初めて四人でお茶した時のこと覚えてる？　あの後ね、葵さんと一緒にこのお店で下着を買ったんだ。あれから二人で何度も買いに来てるんだよ」

ああ、確かにそんなことがあったな。

葵さんを美容室で清楚系美人にしてもらった後、他に買うものがないか尋ねたら、本当はあるんだけど遠慮するような、言いづらくて言葉を濁すような感じだった葵さん。

その後、ばったり泉と瑛士に出くわして二人に事情を話した後のこと。

葵さんは泉と残り、俺は一足先に帰ったんだが……その夜、洗濯機を回したまま寝落ちした葵さんの代わりに干してあげようと洗濯機を開けると、そこには新品の下着が数着。

つまり、あの時に葵さんが下着を買ったのがこのお店らしい。

なんだかずいぶん懐かしい……じゃなくて！

「わたしは葵さんの下着の好みをバッチリ把握してるから大丈夫。あ、それともあえて葵さんの好みで選ばないで、晃君の好みで選んであげた方がいいのかな？」

それじゃ俺が着けて欲しくて選んだみたいになるだろうが。

せっかく選ぶなら着けて欲しいけど……いやいや、そうじゃなくて！

「泉……本気で言ってるのか？」

「晃君のリクエスト通り形に残るものだし、普段から身に着けるものでもあるでしょ？」

「確かに――――じゃないわ！」

もうテンパりまくって思わず乗り突っ込みしちゃったよ。

確かに俺の要望は満たしてくれているが、身に着けるって意味が違うだろ。

いや、意味はあっているが……そうじゃないんだわ。

「わたしはプレゼントに下着ってありだと思うけど」

「いや、まぁ……」

確かにネットで調べた際、下着という選択肢はあった。

決して定番のプレゼントではないが、相手を驚かせるためのサプライズの意味や、長年のお付き合いからくるマンネリ感を打破するアイテムとして贈る人もいるらしい。

確かに男としては、彼女が自分好みの下着を着けてくれたら嬉しいだろう。

想像するだけで天にも昇る気持ちであっちもこっちもマーベラス。

だったら自分が好きな下着をプレゼントすればいいというのは、あながち間違っているとも言えないが、それは恋人同士だからギリギリありのプレゼントなわけで……。

人によっては恋人同士でもアウトだろ。

「冷静に考えて、彼氏でもない男から下着をもらっても気持ち悪いだけだろ？」

「そうかなー？」

「泉は瑛士以外の男から下着を贈られたらどう思う？」

「さすがにキモいね。ドン引きして受け取らないかな」

「……つまり、俺が葵さんからキモいと思われるってことだが？」

想像するだけで胸に耐えがたい痛みが走る。

そんなことになったら残りの三ヶ月間が地獄すぎる。

「ん〜……」

わかりやすく泉と瑛士のケースに例えて説明したつもりだった。

それでも泉は腑に落ちない様子で顎に指を当てながら考え込んだ後。

「確かに晃君の言う通りなんだけど、二人の関係ならありだと思うんだけどな。でもわかったよ。そういうことなら無理に晃君から葵さんにプレゼントしなくてもいいと思う」

「ご理解いただけて感謝するよ」

俺だって思春期男子、健全に不健全なお年頃。

本音を言えば葵さんが自分好みの下着を着けていたら嬉しいし、その手の妄想をしたことがないといえば嘘になるし、ぶっちゃけワンチャン下着姿を見てみたいと思う。

ただ、だからといってプレゼントするかは別問題。

生まれて初めての女性へのプレゼントが下着にならずに胸を撫でおろした瞬間だった。

「代わりにわたしが葵さんに下着をプレゼントするから晃君が選んで！」

「なんでそうなるんだよ⁉」

名案とでも言わんばかりに声を上げる泉。

さすがに間髪入れずに突っ込んでしまった。

「なによ？　まだなにかあるの？」

俺が何度も文句を言っているように見えたんだろう。

眉間にしわを寄せながら不満そうに頬を膨らませる。

「俺が選ぶ必要ないだろ？」

すると泉は『やれやれ』と若干呆れた感じで嘆息した。

まるで『晃君はわかってないな』とでも言わんばかり。

「いい晃君、想像してみて」

「お、おう……」

泉は人差し指を立てて俺に詰め寄ってくる。

「同居してる女の子が自分の選んだ下着を着けてる想像をするだけで興奮しない？　わたしから晃君へ、そんな機会をクリスマスプレゼントとしてあげようってわけよ。『今日は俺の選んだ下着を着けてくれてるのかな？』って想像しながら過ごす日々は、きっと幸せだと思うの」

泉はドヤ顔を浮かべながら俺の肩を力強く叩く。

「泉、おまえ……天才か？」

あまりにも思春期男子の下心を理解しすぎた提案に本音が漏（も）れてしまった。

すると泉は、みなまで言うなといった感じで手で俺を制する。

「晃君は葵さんへのプレゼントに下着を贈るのは気まずい。でも、わたしが葵さんへプレゼントする下着を晃君が選べば、気まずい思いをせずに晃君の妄想を捗（はかど）らせることができる」

「おお……」

「もちろん晃君が選ぶ必要はないって思うかもしれないけど、葵さんへのプレゼント選びを手伝ってあげる代わりに、晃君にもわたしから葵さんへのプレゼント選びを手伝ってもらう」

「なるほど……交換条件ってわけか」

まさかそうくるとは思わなかったが、泉にプレゼント選びを手伝って欲しいとお願いした手前、俺だけ泉の頼みを聞かないわけにはいかない。

友達に対してそんな不義理ができるだろうか？　いや、できない。

もし葵さんに下着を選んだのが俺だとバレたとしても、俺には泉から交換条件を提示されたから仕方がなかったんだという、言い訳という名の正当な理由がある。

こんなことになるとは思わなかったが、葵さんの下着選びか……。

マジで嬉しい——じゃなくて困ったが、交換条件なら仕方がない。

「わかった。そういうことなら協力せざるを得ないな」

「ありがと。じゃあ中へ入ろ♪」

こうして俺は表向きには仕方なく、内面はウキウキで泉の後に続いて入店する。

だが、下心Ｍａｘで上がっていたテンションはお店に足を踏み入れた直後に急降下。改めて下着に囲まれた空間にいると自覚した瞬間、恥ずかしさで強制的に賢者タイムへ突入。

店内にいるお客さんこと、お姉さま方の視線が容赦なく俺を貫き気まずいことこの上なし。

まさに針の筵（むしろ）状態で、初めての女性下着ショップを楽しむ余裕なんて微塵（みじん）もない。

「ほら晃君、そんなところにいないで一緒に見よ」

「お、おう……」

周りの視線を気にしながらそそくさと泉の傍（そば）へ歩み寄る。

「晃君は葵さんにどんなのを着けて欲しいの？」

「どんなのって聞かれても、こんなまじまじと女性の下着を見るのは初めてだしな……」

「葵さんと一緒に住んでるんだから、洗濯の時とか見たりするでしょ？」

「今さら隠すつもりもないから言うが、見たのは一度だけだな。洗濯籠も洗濯も分けてるし、干す時は下着だけ自分の部屋で干してるみたいだし、その辺はお互いに気を使うしさ」

「籠を分けても、夜な夜なこっそり漁るものでしょ？」

「さすがにそこまではやらないわ！」

「晃君、意外と紳士なんだね」

「おまえの中で俺はどんな奴なんだよ……」

「わたしが葵さんと同居してたら絶対漁ってると思うけどなー」

「…………」

だから発言がおっさんすぎるんだわ。

瑛士、残念だがおまえの彼女の中身はおっさんかもしれない。

「とりあえず晃君の好みで決めていいと思うよ。細かいことをいえば同じブランドでも色々シリーズがあったりするけど、その辺を気にしてたら決められないしね」

「自分の好みか……」

好みがあるかと聞かれたら当然ある。

男性の女性下着の好みは千差万別、十人十色。

世界の男性人口、つまり四十億通りあるといっても過言ではない。

ちなみに俺の好みはレースの紐パン、色はピンクでレース部分はもちろん白一択。淡いピンクの生地に純白のレースのコントラストを想像するだけできっと今夜も眠れない。

そんな拘りはあるものの、泉の言葉を聞いて頭に浮かんだのは別の色。

俺にとっての葵さんのイメージカラー。

「色は青がいいな」

それは出会った頃から青一色だった。


雨の公園で出会った時、葵さんを包むように一面に咲いていた青い紫陽花――。

夏祭りで葵さんが着ていた、目も覚めるような鮮やかな青い紫陽花柄の浴衣――。

学園祭で着ていた、青から紫へと色合いを変えるグラデーションの美しい衣装――。


そして先日、葵さんが教えてくれた紫陽花の髪留めにまつわる思い出。

俺が選んでいいのなら青い紫陽花柄の下着がいいし、葵さんから髪留めの話を聞いて以来、なにか紫陽花にまつわるものをプレゼントしたいと思っていた。

「いいと思うよ。葵さんといえば青色のイメージあるもんね」

「ああ。それと、もしあれば紫陽花柄の下着がいいな」

「うんうん。探せばあるんじゃないかな」

色と柄が決まり、俺たちは手分けして店内を探し回る。

最初は他のお客さんの目が気になっていたが、探すことに一生懸命でそれどころじゃない。

手に取って確認したり店員さんに聞いてみたり、気が付けば下心もなくなっていた。

ただ純粋に、葵さんに似合う下着を探すこと十数分後――。

「これ……」

一際目を引かれた下着を手に取って思わず呟く。

それは淡い青を基調とした上下セットの紫陽花柄の下着。

青の他にも白と紫で描かれている花弁が美しく、また光沢のあるラメの糸が随所に使われていて、まるで梅雨の雨に濡れた紫陽花の艶めきを表現しているかのようなイメージ。

作りの良さは疑うべくもないが、そう見えるのは全体的な質感の良さだけではなく、紫陽花の花弁にアップリケを重ねるように使うことで、立体的に表現されているのも理由だろう。

刺繍で模様が施されただけの下着とは明らかに作り込みが違う。

いくつか候補がある中で、これが一番美しい下着だった。

「泉――」

テンション高めに泉を呼び掛けて口を噤む。

なぜなら値札に書かれた金額が想像以上だったから。

「いいのあった？」

「ああ、あったんだけどさ……」

呼び掛けに気づいた泉は傍に来て、俺の手にしている下着に視線を向ける。

「いいじゃん♪　なにか問題でも？」

「ちょっと値段が、な……」

思わず言葉を濁すくらい高かった。

俺は男だから女性の下着の相場はわからない。

でも店内に並んでいる他の下着に付いている値札と見比べる限り、このコーナーにあるものが一番高い。おそらく、ここに並んでいる下着が他よりも高級なシリーズなんだろう。

二着千円の男物のパンツとはあまりにも相場が違いすぎて震える。

「値段？　どれどれ」

泉は下着の値札を手に取って確認する。

「このくらいなら許容範囲かな」

マジか。

「クリスマスプレゼントだし、少しくらい奮発したいしね」

「確かに、クリスマスだと思えばいいものをあげたいよな」

「どうする？　晃君がこれでいいなら決めちゃうけど」

改めて下着を見つめながら、脳内でイメージを膨らませてみる。

うん……葵さんがこの下着を着けているところを想像したら胸が高鳴るというか、この世に生まれてよかったというか、とにかく幸せな気持ちになれたから間違いない。

明確に想像できたのは水着姿を何度か目にしていたおかげ。

「俺はこれがいいと思う」

「じゃあ、あとはサイズだけ確認して――」

「ああ、それなら合ってると思うぞ」

「え？」

「ん？」

思わず顔を見合わせる。

「なんで晃君が葵さんの胸のサイズを知ってるの？」

あ、しまった。

「もしかして晃君、女性の胸を見るだけでサイズがわかる人なの？」

「そんな思春期男子なら誰もが欲しがるような特殊能力は備わっていない」

残念だけど。

「なんでもなにも、学園祭の時に葵さんの身体に合わせて衣装を作るからって、泉から葵さんの身体のサイズを測ってくれって頼まれただろ？　採寸の項目にスリーサイズはもちろん、他にも細かすぎるくらい指定があったからな……たまたま覚えてたんだよ」

「ああ……そっかそっか。そんなこともあったね～」

泉はわざとらしく相槌(あいづち)を打つ。

「おまえ、忘れてただろ……？」

「ええ～そんなことないけど？」

嘘つくのも誤魔化(ごまか)すのも下手くそすぎるが、それも仕方がない。

なぜなら着物はみんなで着回し。つまりサイズを測る必要はなく、俺が葵さんの身体のサイズを測るという羞恥(しゅうち)プレイをさせるためだけに適当な理由をつけて頼んだんだから。

あとからサイズを測る必要がなかったと知った時はさすがに参ったが。

まぁでも、泉なりに俺たちの仲を気遣ってのことなのはわかっている。

ちっとも進展がない俺と葵さんの仲を無理やりでも進めようと、いつまで経っても結婚しない独身男女に良い人を紹介しようとする近所のおばちゃんよろしく世話を焼いた結果。

その実は、泉が楽しんでいるだけという可能性も捨てきれないんだが。

「つまりあの経験は、今日のために必要なことだったんだね！」

「上手(うま)いこと言っても羞恥プレイをさせられたことは根に持ってるからな」

「ぐぬぬぬ……」

まぁ、それと同じくらい感謝もしているけどな。

「じゃあわたし、お会計してくるから待ってて」

「ああ、よろしく頼む」

レジへ向かう泉の背中を見送りながらほっと一息。

ちなみに具体的なサイズについては回答を控えさせていただきたい。

「なにはともあれ、無事に泉のプレゼントが決まってよかったな」

思わず安堵の息を漏らした直後だった。

妙な視線を感じて辺りを見回すと、店内にいるお姉さま方が俺を睨んでいた。

『なんで男の子が女性の下着ショップに？』『カップルでイチャイチャしながら下着を選ぶなんて、最近の若い子は本当にもう』『私なんて下着を見せる彼氏すらいないのに！』『私だってもう何年もベージュ以外の下着買ってないんだから（泣）』

一部の嫉妬に満ちた声はともかく、変態でも見るような視線が突き刺さる。

葵さんへのプレゼント選びですっかり失念していたが、ここは本来男子禁制の地。

プレゼント選びが終わって落ち着いたら急に恥ずかしさと気まずさがカムバック。残念ながら賢者タイムは一定時間しか効果がないんだ。

俺は泉のお会計が終わるのを待たず、逃げるように一人下着ショップを後にする。

とはいえ、ある意味貴重な経験ができたからよしとしよう。

水着姿の葵さんの身体測定をして以来、また一つ大人の階段を上った気がした。

＊

「さて、次こそ晃君のプレゼントを選ばないとね」

「そうだな。よろしく頼むよ」

下着ショップを後にした俺たちはモール内を散策していた。

「とはいえ、なににするか考えないとなんだけど……」

「正直、葵さんならなんでも喜んでくれると思うんだよね。極端な話、晃君が裸になって自分にリボン付けて『俺がプレゼント♪』とかやっても、なんだかんだ喜んでくれそう」

「いや、さすがに引くだろ……」

それは極端な例だとしても、泉の言わんとしていることはわかる。

言葉の通り、葵さんはきっとなにをプレゼントしても喜んでくれると思う。

そう思うのは葵さんの性格的な部分も理由だが、これまで一緒に過ごしてきた中で葵さんが些細（ささい）なことでも喜んでくれる姿を、俺も泉も何度も目にしてきたからだ。

出会った頃はいつも謝罪の言葉ばかりを口にしていた葵さん。

だけど今は、それ以上に感謝の言葉を言ってくれるようになった。

ふと思う――謝罪の言葉も感謝の言葉も、全ては相手への想いの表れだ。

そして人は自分が思っている以上に、素直に謝罪や感謝を言葉にするのは難しい。

葵さんは決して自分の気持ちを言葉にするのが得意な方ではないが『ありがとう』や『ごめんなさい』を素直に言えるのは素晴らしいことだと思うし、尊敬もしている。

わかっていても、なかなか言えないんだよな。

少し話がそれてしまったが。

「なんでも喜んでくれると思うから、余計になにを選ぼうか悩むんだよな」

「そうなんだよねぇ」

お互いに唸りながら頭を悩ませる。

「やっぱり定番でいえばアクセサリーかな」

「それは俺も考えたけど、彼氏でもない男からアクセサリーって重くないか？」

「だから、さっきも言ったけど二人の関係ならそんなの気にしなくていいって」

「そう言われても、初めてのプレゼントだしさ……」

相談しているくせにうだうだ言って申し訳ないが、万が一にも失敗したくないじゃん？

「心配しなくても大丈夫！」

泉はそう断言すると、俺の腕を掴んでグイグイ引っ張っていく。

連れられてやってきたのは、本格的なジュエリーショップだった。

華やかな雰囲気の店内にはショーケースが並び、その中にはたくさんの綺麗なジュエリーが展示されている。

それだけでも高校生にはハードルが高いのに、店員さんがジュエリーに負けず劣らず、顔採用したのかと思うほど綺麗な人たちばかりで余計に場違い感が半端ない。

やはり美しいジュエリーを扱う以上、スタッフにも美しさが求められるんだろうか？

葵さんを連れていった美容室で美容師さんがイケメンすぎた時のことを思い出す。

「ほら、遠慮してないで入るよ」

泉に促され、緊張しながら店内に足を踏み入れる。

すると店員さんたちから一斉に挨拶をされて思わずビビった。

「泉はこういうところ緊張しないのか？」

「瑛士君と何度か来てるからね」

なるほど。

どうりで慣れた感じなわけだ。

「気に入ったのがあるといいね～♪」

「そうだな」

それから俺たちは一緒にショーケースを見て回った。

こういうお店に来るのは初めてだからブランドはよくわからないが、指輪やネックレスの他にもピアスやブレスレットなど、色々なアクセサリーがケース内に展示されている。

価格帯は手ごろなものから高価なものまで幅広いが、素人目にはどれも同じように見えて価格差の理由がわからない。

泉に聞くと、素材や石の違いだと言っていた。

一言でアクセサリーといっても奥が深いんだなと思いながら眺めていた時だった。

「これ……」

ハイケースに飾られているネックレスが目にとまる。

それは、紫陽花をモチーフにしたペアのネックレスだった。

デザインは同じだがサイズが違い、男性用は深みのある紫色、女性用は吸い込まれるような青色の石で紫陽花の花弁が表現されている。タグを見ると男性用はアメジスト、女性用はサファイアを使用し、チェーンはホワイトゴールドになっているらしい。

素材や石の知識は乏しいが、可愛らしいデザインながらも上品な印象を受けた。

「いいのあった？」

「ああ、これなんかどうかな？」

「どれどれ～」

泉は俺に身を寄せながらハイケースを覗き込む。

「いいじゃん。素敵だと思うよ！」

「そう思うか？」

「うん。それにしても、下着に続いてネックレスも紫陽花を選ぶなんて、晃君の中でよっぽど葵さんは紫陽花のイメージが強いんだね」

泉に言われ、わかってはいたことだがハッとさせられた。

「紫陽花のイメージが強いか……確かにそうかもしれない」

改めて自分が紫陽花に拘っていたことを自覚する。

でも、その理由はわかっている。

「俺さ……紫陽花を悲しい思い出だけにさせたくないんだ」

「悲しい思い出？」

「葵さんがいつも着けてる髪留めがあるだろ？」

「うん。葵さんのトレードマークだよね」

「あれさ、葵さんの両親が離婚する前、クリスマスに両親から貰ったプレゼントなんだよ。葵さんにとって家族との思い出の詰まったものだと思うんだが……だからこそ、今の葵さんにとって髪留めに込める想いは複雑だと思うんだ」

「確かにね……」

葵さんを取り巻く問題は全て解決した。

だからこそ、過去にはせる想いに変化があって当然だろう。

「それはいつか時間が解決してくれるのかもしれない。だけど、紫陽花を見る度に辛い過去を思い出すだけじゃなく、楽しいことや嬉しいことも思い出せるようになって欲しくてさ」

言語化したことで自分の気持ちを改めて自覚する。

俺は葵さんに紫陽花にまつわる新しい思い出を作ってあげたい。

転校を控える俺に、葵さんが思い出を作ろうとしてくれているように。

「もちろん俺の考えすぎかもしれない。両親のことはもう気持ちの整理がついていて、紫陽花を見たって悲しくなったりしないのかもしれない。それならそれでいいし、俺の自己満足なんだけど……でも、ほんのわずかでもそうだとしたらって思うとさ」

「晃君は優しいね……」

いつも元気な泉が感慨深そうに頷いた。

「晃君の言う通り、わたしたちには葵さんがどう思ってるかなんてわからない。でも、葵さんがそんなふうに思っていなかったとしても、晃君が葵さんのことを考えて紫陽花を選んであげたことが大切なんだと思う。それが伝わらなかったとしてもね」

泉にそう言ってもらえると自己満足だとしても救われる。

「それならこれにしようよ。せっかくペアのネックレスだし、お揃いにすれば？」

「お揃い⁉」

「そんなに驚くこと？」

「驚くというか恥ずかしいというか、お揃いにしたらいかにもだろ……？」

アクセサリーをプレゼントしようとしているのに、今さら気にすることかと言われたらその通りだが、そこは思春期男子の複雑な心理ってことでご理解をいただきたい。

「晃君は意外と面倒臭いところがあるよね」

「うぐ……」

残念ながらご理解していただけるはずもなかった。

「絶対お揃いにした方がいいと思うんだけどなー……あ！」

すると泉はなにやら閃(ひらめ)いた感じで手を打つ。

「どうかしたか？」

「え？　あ、ううん。なんでもない」

いやいや、明らかになにか思いついた感じだっただろ。

「それよりさ、これ見せてもらおうよ♪」

泉は相変わらず下手くそな誤魔化し方で話を切り上げる。

俺たちの近くで様子を窺(うかが)っていた黒髪ロングで清楚系美人の女性店員さんに声を掛け、ネックレスを見せてもらえるようにお願いすると近くのテーブル席に案内される。

すると、すぐに店員さんがネックレスをトレイに載せて持ってきてくれた。

「どうぞ。お手にとってご覧ください」

「ありがとうございます」

緊張しながら手に取り、店員さんの丁寧な説明を受けながら改めて思う。

「どう?」

「これが一番いいと思う。けど――」

「けど?」

「葵さんがネックレスを着けてるところを見たことないからイメージが湧かなくてさ」

「似合うとは思うけど、確かにそうだね」

「泉、ちょっと着けてみてくれないか?」

「わたしが?」

「誰かが着けてる姿を見ればイメージが湧くかと思ってさ」

「でもわたし、葵さんと髪の色も長さも違うし参考にならないと思うよ」

確かにそれはあるな……。

葵さんも泉も誰もが認める美少女だがタイプは真逆。

イメージカラーも葵さんが青だとしたら泉は黄色で対照色だしな。

「わたしより葵さんのイメージに近い人に着けてもらった方がいいと思う」

すると泉は俺たちを接客してくれている店員さんに着けてみて欲しいとお願いする。

店員さんは驚いていたが、このネックレスを贈ろうと思っている人が店員さんのような黒髪ロングの清楚系だと説明すると『そういうことでしたら』と快諾して着けてくれた。

「いかがでしょうか?」

店員さんはネックレスを着けると姿勢を正して俺たちに身体を向ける。

「晃君どう？　イメージ湧きそう？」

ネックレスを首から下げる店員さんの姿に葵さんのイメージを重ねる。

首元に輝くホワイトゴールドとサファイアの落ち着いた色合い。上品な輝きは白い肌や黒髪とも相性が良く、シンプルなデザインだからこそ服を選ばずに身に着けてもらえそう。

店員さんが着ている制服はもちろん、葵さんが普段着ている私服にも合うと思う。

なにより葵さんが普段から着けている髪留めとも相性は悪くないだろう。

うん……きっとこれがいい。

「ああ。これにするよ」

具体的なイメージを持つことができたのは店員さんのおかげ。

お礼を言うと『お役に立てたのでしたらなによりです』と素敵な笑顔を見せてくれた。

お会計を済ませプレゼント用に包んでもらうようにお願いし、俺たちは席に座って待つことにしたんだが。

「ちょっとわたし、友達に連絡するからお店の外で待ってるね」

「ん？　ああ、わかった」

泉はそう言うと店員さんの元へ行って軽く話した後、お店の外へ出て行った。

店員さんとなにを話していたのか気になりつつ、店内で一人待つこと十数分――。

「お待たせいたしました」

店員さんが綺麗にリボン掛けされた品物をトレイに載せて持ってきてくれた。

「こちらでいかがでしょうか？」

手のひらに載るくらいのコンパクトなグレーの箱に赤色のリボン。

リボンは緑色の糸でステッチが入っていてクリスマスカラーになっていた。

「色々親切にしていただいて、ありがとうございました」

「こちらこそ、ありがとうございました」

店頭まで見送られ、改めてお礼を言ってから品物を受け取ってお店を後にする。

久しぶりにいい買い物ができたことに満足感を覚えながら、辺りを見回して泉の姿を探すと、通路に置いてあるベンチに座りながらスマホを操作している姿を見つけた。

泉は俺に気づくとスマホをバッグにしまって駆け寄ってくる。

「綺麗にラッピングしてもらえた？」

「ああ。おかげでいいプレゼントが選べたと思う」

「そう言ってもらえると付き合った甲斐（かい）があるってもんだね♪」

「この後まだ時間あるか？　お礼にケーキでもご馳走（ちそう）するけど」

「本当⁉　ちょうど小腹が空いてたの。お言葉に甘えよっかな♪」

「じゃあ喫茶店（きっさてん）に移動するか」

「うん。レッツゴー！」

　こうして俺たちは喫茶店へ場所を移したんだが……。

＊

「いただきます♪」

　喫茶店に着くと、俺たちは好きなものを注文して席に着いた。

　泉はケーキをご馳走してもらえて上機嫌、鼻歌交じりにもりもり食べているんだが、そんな泉のテンションとは対照的に俺はげんなりしながら泉を見つめている。

　なぜかって？

　その質問に答えるのなら、いつものことだからという言葉が相応しい。

　テーブルはスペースがなくなるほどたくさんのケーキで埋め尽くされていた。

「…………」

「次はどれを食べようかな～♪」

　見ているだけでお腹いっぱいだが、幸せそうに食べてくれるなら奢り甲斐がある。

「ところで晃君」

「ん？　どうした？」

泉は次に食べるケーキを選びながら尋ねてくる。

「その後、葵さんとはどんな感じなのかね？」

またまた近所の世話焼きおばちゃんモードが発動。

興味津々といった感じで瞳を輝かせている。

「どんな感じっていうと？」

質問の意図はわかり切っているが一応すっとぼけてみる。

「この半年色々あったし、最近は学園祭もあったし、なにより葵さんは晃君が幼稚園の頃に一緒にいてくれた男の子だって思い出したわけでしょ？　一緒に住み始めた頃ならともかく、今は晃君も満更じゃないというか、葵さんへの想いに変化があったのかなってさ」

泉は悩んだ末に抹茶ケーキを選び、美味しそうに食べながら俺の返事を待つ。

一瞬どこまで話そうかと考えたが、今さら隠す理由もない。

「瑛士には話したんだけどさ――」

そう前置きをしてから話し始める。

「俺が今まで葵さんに抱いていた想いは、恋愛感情じゃなかったんだ」

「うん。たぶん、そうなんだろうなとは思ってたよ」

驚くかと思ったが、泉は意外にも納得した様子だった。

「葵さんのことは、ずっと大切に思ってきた」

俺は自分の想いを再確認するように言葉を紡ぐ。

「一人の女の子として魅力を感じていたし、初恋の女の子だったことを抜きにしても意識をしてた。でも、それ以上に俺が葵さんに抱いていた感情は責任感や正義感」

そしてなにより――。

「庇護欲の方が強かった」

――俺がいないと葵さんはダメかもしれない。

――葵さんを助けてあげられるのは俺しかいない。

今にして思えば自惚れにもほどがある。

それでも俺なりの真剣さで葵さんに手を差し伸べてきた。

「それは晃君と葵さんの出会い方や、晃君の性格、それに葵さんの境遇を考えれば仕方のないことだと思う。でも過去形で話してるってことは、今は違うってことなんだよね？」

泉の問いにゆっくりと頷いて返す。

「葵さんの問題が全て解決して、俺にとって葵さんが守るべき対象じゃなくなった今、俺の葵さんへの想いは変わった。ようやく関係を進められるようになったと思ってる」

問題の解決と、守り守られる関係からの脱却。

俺たちが新しい関係を築く上で、今までの関係は足枷だった。

少なくとも俺にとって葵さんが守るべき対象ではなくなったことは大きく、俺が葵さんへの感情に『恋』という名前を付けられたのは、葵さんの自立なくしてあり得なかった。

そう思うと、まるで今までの全てが必要なことだったようにすら思う。

「じゃあ、晃君は葵さんのこと……」

「今は好きだと、はっきり自覚してるよ」

こうして葵さんへの好意を言葉にしたのは初めてのこと。

好きな人のことを誰かに話すのは、もっと恥ずかしいものだと思っていた。

だけど不思議と胸に込み上げるのは恥ずかしさだけじゃない——恥ずかしさ以上に自分の想いに自分自身が驚くような、言葉にしたことで想いを実感するような不思議な感覚。

でもその理由も、なんとなくわかるような気がする。

瑛士が常に『気持ちは言葉にしなければ相手に伝わらない』と言っているように、心に秘めた自分の想いもまた、言葉にしないと自分自身に伝わらないのかもしれない。

言葉はなにも、誰かに想いを伝える手段だけじゃないんだろう。

案外自分のことは自分が一番わからなかったりするしな。

「とはいえ、葵さんへの庇護欲が完全に消えたわけじゃないんだ。葵さんを好きだと思う気持ちとは別というか……好きになったことで強くなった部分もあったりしてさ」

たとえば、葵さんの自立をどこか寂しく思っていることもそう。

俺の助けが必要なくなって安心している半面、好きになったからこそ頼って欲しいと願う自分もいて、その必要がないことを少しだけ寂しく思う矛盾した想い。

いうなれば庇護欲のなごりのような感情。

俺は最近、この感情との折り合いの付け方に悩んでいた。

「そっか……晃君も色々複雑みたいだけど、それでも自分の気持ちとちゃんと向き合えてるみたいで安心したよ。なにより、葵さんのことが好きって晃君の口から聞けてよかった」

泉は妙に安堵した様子で言葉を漏らした直後。

「晃君は心配する必要なささそうだね」

「俺は──？」

その言葉が頭の片隅に引っかかった。

俺の考えすぎかもしれないし、言葉の綾かもしれない。

それでも、いつも天真爛漫の極みのような笑顔を見せる泉が、わずかに表情を曇らせる姿を見て、あえて心配という単語の上に『俺は』と付けたような気がしてならない。

少し待ってみたが、泉が俺の問いに言葉を返すことはなく──。

「二人のことは応援してる。頑張ってね♪」

そう言っていつもの笑みを浮かべて見せた。

「ああ。ありがとな」

……さすがに考えすぎだろう。

この時の俺は、さして気にも留めなかった。

*

その後、なんだかんだ盛り上がり喫茶店を出たのは十八時過ぎ——。

ショッピングモールを後にすると、外はすでに日が落ちて真っ暗だった。

本当はもっと早くプレゼントを買い終え、帰りにスーパーで食材の買い出しをしてから帰宅するつもりでいたんだが、こんな時間になるとは思わなかったからさすがに焦る。

今からスーパーに寄ると帰りが遅くなるが、手ぶらで帰るわけにもいかない。

留守番をしてくれている葵さんがお腹を空かせていないか心配しつつ、帰りがもう少し遅くなると連絡を入れてから急いでスーパーに向かい、食材を買ってから帰宅する。

「ただいま!」

家に着いたのは二十時近くだった。

「おかえりなさい」

遅くなったにも拘(かか)わらず、葵さんは笑顔で出迎えてくれた。

「遅くなってごめん。お腹空いてない？　すぐに用意するから」

「ありがとう。慌てなくて大丈夫だよ」

葵さんはそう言ってくれるが、今日は俺が午後から泉とクリスマスプレゼントを買いに出かける用事があったから、いつもより早めにお昼を食べた。

俺は喫茶店でケーキを食べたからお腹は空いていないが葵さんは腹ペコだろう。

葵さんの優しさに申し訳ないと思いつつ、家に上がり真っ直ぐにキッチンへ向かう。

今晩のおかずに使う食材を残して冷蔵庫にしまい、手を洗ってからエプロンを着けてキッチンに立ち、さっそく料理を始めようと包丁を手にした時だった。

「……ん？」

視界の端、キッチンの傍で俺の様子を窺っている葵さんの姿が目に留まった。

「葵さん、どうかした？」

「うん。えっと、あのね……」

なにやら遠慮した感じでモジモジしている葵さん。

「明日なんだけど、ちょっとお出かけしてきてもいい？」

「お出かけ？　ああ、もちろん。俺も今日は出かける用事があったから葵さんに留守番してもらったし、明日は俺が留守番するから行ってきなよ。友達と遊びに行くの？」

「えっと……うん。お買い物に行こうって誘われて」

葵さんが友達と買い物か……なんだか少し感慨深い。

学園祭が終わって以来、葵さんは度々クラスメイトと出かけるようになった。

今までは俺や泉と行動することがほとんどだったが、学園祭をきっかけに友達と呼べる人が増えたのは葵さんにとってはもちろん、俺たちにとっても喜ばしいこと。

俺のことは気にすることなく笑顔で送り出してあげたい。

「時間は気にしなくていいから楽しんできな」

「ありがとう。それと一つ相談があって」

「相談？」

「泉さんと瑛士君にクリスマスプレゼントを用意したいの」

二人にプレゼント？

「今年は二人にはたくさんお世話になったから、この機会にちゃんとお礼をしたいの。それで晃君さえよかったら、私たち二人からのプレゼントにしたいなと思って」

「いいね。そうしようか」

「プレゼントは私が明日買ってくるから、後で一緒になにがいいか考えて欲しくて」

「ある程度目星をつけて、お金は葵さんに半分渡しておけばいいかな？」

「うん。そうしてもらえると助かる」

「ＯＫ。じゃあ俺は夕食の支度を済ませちゃうから、葵さんはプレゼントをネットで探しながら待っててよ。夕食とお風呂(ふろ)を済ませたら一緒に選ぼう」

「ありがとう」

葵さんはソファーに座り、嬉しそうにしながらスマホでプレゼントを探し始める。

友達のために一生懸命プレゼントを探す葵さんを微笑(ほほえ)ましく思いながら、俺は夕食の準備を始めたのだった。

第三話 卒業旅行初日

「とうちゃーく!」

終業式を終えた翌日、十二月二十三日の午後――。

卒業旅行先の最寄り駅に着いて改札を抜けると、泉が両手を広げて歓声を上げた。

「まだここからバスで一時間半掛かるんだから気が早いだろ」

「そうなんだけど、遠出をすると言いたくなっちゃうでしょ。ね、葵さん」

「うん。楽しみで今からわくわくしちゃう」

泉を軽くたしなめるこのやり取りに、なんだかデジャブを感じる。

確か夏休みに瑛士の家の別荘に行った時も、最寄り駅で似たようなことをしたな。

でも、あの時となにもかも一緒というわけじゃない。

なにが違うかというと、なんと今回は泉が寝坊をしていない。

泉の寝坊癖を知っている人からすると驚きを通り越して驚愕だろう。

もはや奇跡と思われるかもしれないが、今日は絶対に寝坊できない事情があり、前日――

つまり終業式が終わった後、泉と瑛士にうちに泊まりに来てもらうことにした。

というのも、先ほど言った通り目的地の温泉街までバスで一時間半掛かるんだが、山奥すぎて午後はバスが三本しか出ておらず、寝坊したらチェックインに間に合わない。

そんなわけで今朝、俺たちは三人がかりで泉を叩き起こして今に至る。

ちなみにどうやって起こしたか？

起きずに困り果てていた時、ふと動画サイトで寝ている犬の口元に餌を置いたら爆速で起きた動画があったことを思い出し、試しに泉の口元に大好物のよもぎ饅頭を置いてみた。

すると寝ながら鼻をクンクンさせた直後、目を開けると同時によもぎ饅頭にかぶりついて食べながら起きるという……おまえは餌に釣られた犬かと言ってやりたい。

確かに普段から犬っぽいところがあるけどさ。

「今日はいい天気だけど、さすがに寒いねぇ」

泉は先ほどのハイテンションから一転、寒そうに身を抱きながら口にした。

晴れているとはいえ真冬で山間部が近いということもあり、現在の気温は七度。

ここからさらに山奥に行くわけだが、事前に調べたところによると、深夜から朝方にかけては零度を余裕で下回るらしい。

ちょっと寒さの桁が違いすぎて想像がつかない。

「まぁでも、みんなで無事に来れたんだからテンション上げていかないとね♪」

ちなみに泉のいう『無事に』とは、全員が期末テストで赤点を回避できたという意味。

万が一にも赤点を取ったら補習で卒業旅行に行けないということもあり、葵さんがめちゃくちゃ不安に苛まれながら勉強していたが、そんな心配をよそに見事全教科クリア。

もう葵さんの学力は心配する必要のないレベルまで上がっている。

そんなわけで無事に今日を迎えられたってわけだ。

「もうすぐ時間だからバス停に移動しようか」

「ああ。そうだな」

引率の先生よろしく先導する瑛士の後を、俺たちは荷物を手に付いていく。

少し待つとバスが来て、一番後ろの席に四人仲良く並んで腰を下ろした。

それからしばらく、他のお客さんに配慮しつつ歓談をしながらバスに揺られる俺たち。

最初は大勢のお客さんが乗っていたが、市街地を離れるにつれて乗るお客さんよりも降りるお客さんの方が多くなり、三十分が過ぎた頃には俺たちの他に数人だけになった。

次第に道は険しくなり、さらに揺られること三十分――。

本格的な山道を登り始めた時のことだった。

「晃君、見て！」

「ん？　どうかした？」

葵さんが声を抑えながら、でも嬉しそうに声を上げた。

葵さんの視線を追って窓の外に目を向けてすぐに気付く。

「おお……雪か」

かなり標高が高いところまで登ってきたからだろう。

少し遠くに見える山々に真っ白な雪景色が広がっていた。

「ちょうど僕らが行く温泉街があの辺りだね」

「私、雪を見るの、いつ以来だろう……」

葵さんは好奇心に満ちた感じで瞳を輝かせる。

俺たちが住んでいる地域は県内でも平地のエリアで滅多に雪が降ることはない。

むしろ降らないのが当たり前で、数年に一度あるかないかの大寒波の時でようやく薄ら積もる程度。

朝雪が降ってもお昼には全て溶けてなくなるくらいしか積もらない。

こういうところに来ない限り雪に触れる機会はなく、内心俺もわくわくしている。

小さい頃、雪合戦ができるくらい雪が降る地域に憧れていたな。

「前にも説明したけど、温泉街の近くで雪まつりをやってるの。この様子なら雪が少なくて残念、なんて心配はなさそうだね」

泉は安心した様子で頰を緩ませる。

「雪まつり……楽しみだな」

「開催時間は十七時から二十一時までだから、とりあえず旅館に着いたら温泉入って夕食食べて、少し落ち着いてから行こうと思ってるんだけど、みんなそんな感じでいい？」

「ああ。時間を持て余しても観光地だし、その辺ぶらぶらしてもいいしな」

「そうだね♪」

そんな会話を楽しみながら、バスに揺られ始めて一時間半が経った頃――。

ようやくバスは温泉地のバスターミナルに着き、俺たちは順番にバスから降りる。

瞬間、目に飛び込んできた光景に思わず感嘆の声が漏れた。

「すごい景色だな……」

そこには見渡す限り雪に包まれた、言葉の通り真っ白な世界が広がっていた。

目の前の景色とは対照的に、雪化粧された山々は傾きかけた太陽の光に照らされ黄金色に輝いている。純白と黄金の対照的なコントラストが美しすぎて思わず息を呑む。

「すごく綺麗だね……」

この景色を見られただけでも、ここまで来た甲斐がある。

「うん。幻想的……」

葵さんと泉が景色の美しさを嚙みしめるように声を漏らした。

泉にしては珍しく静かだが、この壮大な景色を前にすれば大人しくもなるか。

「見惚れてるところ急かすようで申し訳ないけど、チェックインの時間が迫ってる。雪景色なら旅館の部屋からも眺められると思うから急ごうか」

「ああ。そうだな」

瑛士に促され、俺たちは荷物を手にバスターミナルを後にする。

雪道に気を付けながら五分ほど歩くと、二泊三日でお世話になる旅館に到着。

外観はまさに古き良き日本家屋といった感じで、長い歴史を感じさせる建物だった。

「なんていうか、写真で見るよりずっと情緒溢(あふ)れる感じだな」

「うん。すごく雰囲気がいい旅館だね」

まるでここだけタイムスリップしたかのような趣のある旅館。

葵さんは落ち着いた口調ながら瞳を輝かせて期待に胸を膨らませている。

「さあ、入ろうか」

こういう旅館は初めてで緊張気味の俺とは違い、瑛士は慣れた感じで入っていく。

その後に続くと、館内は古風な外観とは対照的に美しい和の空間が広がっていた。

恐らく外観の趣はそのままに、内装は全面的にリニューアルしてあるんだろう。

ロビーの天井(てんじょう)は高く、見事な梁(はり)がむき出しの開放感溢れる造りになっていて、床は全て畳張り。畳は張り替えたばかりだろうか、い草独特のいい香りが漂っていた。

「本日は遠いところ、よくお越しくださいました」

すると一人の仲居さんが俺たちの元へやってきて丁重に出迎えてくれた。

言われるままに荷物を預けると、受付の隣にある席へ案内されて腰を掛ける。

しばらく待っていると、別の仲居さんが人数分の抹茶とお茶菓子を持ってきてくれた。

「ふぅ……」

抹茶を口に運ぶと、淹れたての香りと温かさが身体に染みるように広がっていく。

寒さで冷えた身体がほぐれていくような感覚に思わず声が漏れた。

「この抹茶すごく美味しいね！」

「うん。どこの銘柄だろう」

「あとで仲居さんに聞いてみよっか♪」

学園祭以来、抹茶が大好きになった葵さんは泉と抹茶トークを繰り広げる。

一緒に出されたお茶菓子は長旅の疲れを癒やしてくれる、ほどよい甘さだった。

ちなみに旅館に到着した時に出される飲み物とお茶菓子、通称『お着きのお菓子』には喉を潤すためと疲れを癒やすため以外に、もう一つ理由があるのをご存じだろうか？

温泉地では古くから血糖値が低いまま、また水分不足で温泉に入って倒れる人が多くいたため、それを防ぐために口にしてから入浴してくださいという意味があるらしい。

確かに旅館に着いたらすぐ温泉に入る人が多いだろうし、理にかなったおもてなし。

なんでそんなに詳しいかって？

今日が楽しみすぎて温泉について調べていたら偶然見かけたんだよ。

そんなこんなで抹茶とお菓子を味わい終えた頃。

俺たちが落ち着くのを待っていたかのようなタイミングで男性スタッフがやってきて、瑛士が慣れた様子でチェックインを済ませると、仲居さんに案内されて部屋へ向かう。

畳張りの廊下を進み階段を上った先、俺たちが案内されたのは十畳ほどの和室が二つ。

「僕と晃は手前の部屋、泉と葵さんは奥の部屋だから」

男女に別れて隣同士の部屋を手配してもらっていたらしい。

別に葵さんと同じ部屋を期待していたなんてことは全くない。

「ひとまず荷物を置いて着替えたら温泉に行こうか」

「そうだな」

「着替えたら葵さんと一緒にそっちの部屋に行くね！」

部屋の前で二人と別れ、瑛士と一緒に部屋の中へ足を踏み入れる。

「おお……」

部屋に入って襖（ふすま）を開けると同時、思わず感嘆の声が漏れた。

十畳の和室の中心には長テーブルと座椅子が置かれ、その奥には縁側が広がっている。これだけなら一般的な客室なんだが、俺が驚いたのは縁側から見える外の景色。

先ほどバスターミナルで見た純白と黄金の混ざりあった景色が、和室にしては珍しい壁一面の窓のフレームに収まり、まるで景色を切り取ったように浮かんで見えたから。

この部屋を借りた人だけが独占できる贅沢（ぜいたく）な景観だった。

「今の時間帯も素敵だけど、朝と夜でまた違った景色が楽しめそうだね」

「ああ。標高が高くて空気が澄んでるから夜空も綺麗だろうな」

今から楽しみで仕方がない。

期待に胸を膨らませつつ、部屋の感想を語り合いながら浴衣に着替える俺たち。

慣れない帯を締めて浴衣の上に羽織（はおり）を着て準備万端。葵さんたちが支度（したく）を整えてくるまで時間が掛かると思い、俺と瑛士はお茶を入れて一息つきながら二人を待つ。

しばらくすると部屋をノックする音が響き、葵さんと泉が入ってきた。

「お待たせ！」

襖が開くと同時に泉の元気な声が響く。

お茶の入った湯飲みを手に視線を向け、思わず目を奪われた。

そこには、俺たちと同じ浴衣に袖（そで）を通している泉と葵さんの姿。

特別目を引くような恰好ではないのに目を奪われてしまったのは、葵さんが長い髪を一つにまとめてアップにしていることで、魅力的なうなじがこんにちはしていたから。

葵さんのうなじを目にするのは夏休みにみんなで行ったお祭り以来。

実に四ヶ月ぶりの再会に見惚れずにはいられない。

「晃君、どうかした？」

「ん？　ああ、いや。じゃあ行くか」

泉が不思議そうに尋ねてきたが誤魔化しながら立ち上がる。

タオルを手に部屋を後にし、泉と歓談をしながら俺の前を歩く葵さんの素敵なうなじをこっそり見つめ、心の中でバレませんようにと祈りながら廊下を歩いて温泉に向かう。

しかし幸せな時間は長く続かず、あっという間に脱衣所の入り口に到着。

うなじだけに、後ろ髪を引かれる思いでちょっと悲しい。

「夕食は十八時からだから、その前には部屋に戻るようにしよう」

「はーい。じゃあ瑛士君、また後でね～♪」

「晃君も、また後でね」

「ああ」

葵さんとうなじを見送ってから俺たちも脱衣所へ。

羽織と浴衣を脱ぎながら、前に四人で日帰り温泉施設に行った時のことを思い出す。

露天風呂付きの小屋を四人で借りることになり、混浴だと思い一人大興奮で期待していたら、湯浴み着とかいう思春期男子の煩悩を打ち砕く入浴用の衣類を着て現れた二人。

まぁ、それはそれで楽しめたんだが……。

「今回は混浴じゃなくて残念かい？」

不意に瑛士が冷やかし気味にそう言った。

「……勝手に人の心を読まないでくれ」

「心なんて読まなくても、晃の顔を見ればわかるさ」

それは親友で付き合いが長いから見ればわかるとポジティブに受け取っていいのか、それとも、俺は下心が顔に出やすいからバレバレだとネガティブに受け取ればいいのか。

もし後者だったら葵さんの前では気を付けないといけない。

まさか……うなじに見惚れていたの、バレてないよな？

「さぁ、入ろうか」

「お、おう……」

若干不安になりつつ、脱衣所を後にして露天風呂へ。

「おお……」

ドアを抜けると、目にした光景に思わず感嘆の声が漏れた。

目の前には白樺の群生地が広がっていて、その奥に雪深い山々が広がっている。

そんな景色に調和するように作られた岩造りの露天風呂には、乳白色の温泉が情緒のある音を響かせながら注がれていて、まるで辺りを包む霧のような湯気を上げていた。

露天風呂には温泉成分が結晶化して固着している辺り効能のほどが窺える。

「すごい景観だな……」

旅館のホームページで写真は見ていたが、実際に目にすると壮観さが違う。

「景色に見惚れるのもいいけど、寒いから温泉に浸かりながらにしようか」

「そうだな」

感動のあまり一瞬寒さを忘れていたが、瑛士に言われて急に寒さを自覚する。

冬だから日が短い上に山間部だからなおさら日照時間が短い。

十六時を過ぎたばかりなのに辺りは薄暗く、標高が高いこともあっておそらく気温は零度以下だろう。日が落ちてからさらに気温が下がったような気がする。

掛け湯をしてからゆっくりと温泉に足を入れると、寒さで身体が冷えているせいか余計に熱く感じたが、徐々に身体が温まり、肩まで浸かる頃にはちょうどいい湯加減に。

湯加減もさることながら、他のお客さんがいなくて貸し切り状態なのが最高すぎる。

「……いい湯だな」

「これで混浴だったら最高なのにって？」

「今日はやけにいじってくるじゃないか……」

「そうかい？　僕も旅行でテンションが上がっているのかもね」

テンションが上がるといじりキャラになるなんて初耳だぞ。

いじりキャラは泉だけで充分、カップル揃(そろ)っていじってくるとか勘弁してくれ。

「それはさておき、晃に話しておきたいことがあるんだ」

「急に改まってどうしたんだ？」

「この卒業旅行中、基本的には僕と泉、晃と葵さんは別行動にしよう」

別行動――？

疑問の声を上げる前に瑛士は続ける。

「僕らはこの旅行を機に、二人には仲を深めてもらいたいと思ってる。もちろん四人で行動することもあるけど、今夜の雪まつりや明日の日中は別々に過ごして二人の時間を楽しんで欲しいんだ。なにより、そう思っているのは僕や泉だけじゃないだろう？」

瑛士の言葉尻は疑問形だったが、その口調は確信に満ちていた。

その理由は明らかで、瑛士も泉も俺の葵さんへの想いを知っているから。

この卒業旅行は俺にとって思い出を作るためなのはもちろんだが、それだけじゃない。

瑛士の言った通り、俺はこれを機に葵さんとの関係を進めたいと思っている。

それはなにも付き合うという結果に拘ることではなく、目前に迫る別れの時までに、いつかまた再会する日に向けての心理的な繋がりや充足感を得られるだけでもいい。

過去の転校の時みたいに、俺はもうなにも諦めたくない。

だからこそ瑛士の気遣いが素直に嬉しかった。

「ありがとう。期待に応えられるように頑張るよ」

「四人で行動している時も、途中で僕と泉が姿をくらませても心配せずに二人で楽しんで欲しい。なにかあれば連絡するし、連絡をくれればいいからさ」

「俺たちに気を使ってくれるのは嬉しいが、瑛士も泉と楽しく過ごしてくれよ」

「もちろん。お互いにいい旅行にしよう」

「だな」

瑛士と二人で裸の付き合いをするのは初めてだが、たまにはこんな機会も悪くない。

その後も温泉を堪能しながら色々な話に花を咲かせ、気が付けば一時間以上も入り続けていたせいだろうか、温泉を上がっても身体に硫黄臭が残り微妙に臭い。

まぁ、これも温泉の醍醐味（だいごみ）ってことにしておこう。

*

温泉から上がって部屋に戻ったのは十七時半頃（ごろ）――。

さすがに葵さんたちが先に上がっているだろうと思い急いで部屋に戻ったが、そんなことはなかった。一般的に女の子の方がお風呂（ふろ）は長いし、なんだかんだ身支度（みじたく）に時間もかかる。

結局二人が部屋に戻ってきたのは夕食の五分前。

二人曰（いわ）く、温泉が最高すぎて時間を忘れてしまったらしくわりと本気で謝られた。

俺たちも似たようなものだから謝る必要なんてない。

むしろ初手から旅行を満喫できたと思えばいいことだろう。

「さ～て、今日のご飯はなんだろうな～♪」

泉を先頭に食事処へ向かうと、案内されたのは完全個室の落ち着いた空間だった。

今日の夕食は懐石料理らしく、テーブルに置いてあるお品書きには、岩魚の塩焼き、山の幸の盛り合わせ、ブランド牛のしゃぶしゃぶなど、地元の食材を中心とした料理が並ぶ。

名前からすでに美味しそうで期待に胸が膨らむが。

「私、懐石料理なんて初めて……」

心配そうな声を上げる葵さんと同じく俺も初めてで勝手がわからない。

どうしたものかとそわそわしていると、そんな俺たちの様子を察したんだろう。

「順番に料理が運ばれてくるから、細かいことは気にせずに楽しんで食べればいいよ」

瑛士は心配しなくても大丈夫だと声を掛けてくれた。

確かに瑛士の言う通り、懐石料理のテーブルマナーは全くわからないが、この場にいるのは気心の知れた四人。

その辺りを気にしすぎて料理を楽しめなかったら意味がない。

泉に関しては『マナーなんて気にしたことないけど？』とけろっと答えた。

陽気な泉らしいが、とはいえ泉はその辺りを意識せずともちゃんとしていたりする。

知っての通り泉は和テイストのものが大好きで、おばあちゃんの影響もあって昔からお茶や日本舞踊を習っていて、自然と人前に出ても恥ずかしくない所作が身に付いている。

実は泉、スタイルはもちろん所作や姿勢がすごく良かったりする。

そんなことを考えていると、さっそく最初の料理が運ばれてきた。

「じゃあ、いただこうか」

みんな手を合わせ。

「「「「いただきます」」」」

さっそく箸を手に料理を堪能し始める。

味はもちろん見た目にも美しい料理の数々に感動したり、泉や葵さんは楽しそうに写真に収めたり、仲居さんから料理の説明を受けても微妙にわからないが味は最高だったり。

初めての懐石料理を楽しみながら箸を進め、しばらく時間が経った頃だった。

「晃君、ちょっと見て」

「ん？　どうかした？」

隣に座っている葵さんが俺の浴衣の袖をちょんちょんと摘んできた。

葵さんは瞳を輝かせながら追加注文用のお品書きを差し出してくる。

「なにか食べたいものでもあった？」

「ちょっと気になるお料理があって」

葵さんが指を差しているところに目を向ける。

するとそこには、確かに気になる料理が載っていた。

「なになに？　なにか面白いお料理でもあった？」

すると葵さんはお品書きを掲げ、泉にも料理を指さしてみせる。

「鹿肉のステーキ？」

そのページには、いわゆるジビエ料理が載っていた。

鹿肉のステーキの他にも猪鍋や猪肉のたたきなどの料理が並んでいる。

写真の横には補足するように、旅館の社長が自分で狩猟していると書かれていた。

なんでも鮮度を優先するため日を跨いで保存はせず、朝捕れたものをその日の夜に出しているらしい。

つまり捕れなかった日は提供不可のレア食材ということ。

「どんな味なのか気になっちゃって」

「うん。それは確かに気になりまくるね！」

泉も興味津々といった感じで目を輝かせる。

葵さんはともかく、泉がこういう無邪気な表情をした時はとめても無駄。

下手にとめようとしても駄々をこねる子供みたいになると知っている瑛士は、なにも言わずに呼び出しボタンを押し、現れた仲居さんに鹿肉ステーキと猪鍋を頼めるか確認する。

さすが彼氏、俺が余計な気を回す必要もない辺り伊達に長く付き合っていない。

幸い今朝は捕れたらしく、どちらもお願いできるとのことで迷わず注文。

「楽しみだな～♪」

「うん。楽しみだね」

二人が期待に胸を膨らませてそわそわしていると、しばらくして料理が到着。

テーブルの上に陶器製のコンロが二つ置かれ、その上に猪肉と野菜の入った小さめの鍋と鹿肉の載った鉄板を置くと、仲居さんがコンロの中の固形燃料に火をつけた。

しばらくすると鍋が沸き始め、漂う香りから味噌仕立てなのがわかる。

鉄板の上では鹿肉の焼ける音とともに肉汁が溢れ、見るからに食欲をそそられる。

みんな初めて食べるから興味津々。見守るようにお肉をじっと見つめているんだが、この光景を傍から見たら、きっとなにかの儀式をしているのかと思われそうで少し面白い。

そうこうしている間に火が通り、小皿に全員分を取り分ける。

「さぁ、食べてみようか」

大きな期待と若干の不安を胸に鹿肉のステーキから食べてみる。

味付けは塩とわさび醤油と特製のタレがあったが、お肉そのものの味を確かめたいと思いあえてなにもつけずに口に運んだ。

「……美味い」

思わず漏らした通り、想像していたよりもずっと美味しくて驚いた。

続けて塩やわさび醤油でもいただいてみると、それぞれ違った味わいを楽しめる。

「正直もっと臭みがあると思っていたんだが、全然そんなことないな」

臭みは全くなくて柔らかい。

食感だけで例えるなら牛肉が近いと思う。

「僕は何度か食べたことがあるけど、これはかなり美味しい方だと思う。今朝捕れたものらしいから鮮度がいいんだろうけど、それ以上に下処理がしっかりされているんだろうね」

この美味しさは旅館の人たちの努力のおかげってわけか。

ただ……いや、その前に猪鍋も食べてみよう。

「猪のお肉も美味しいね。美味しいけど、なんだろう……」

葵さんも味には満足しているものの、なにか思うところがあるらしい。

おそらく俺と同じ印象を受けているんだろうと思い率直な感想を述べてみる。

「美味しいけど独特の癖はあるな……なんていうか、ワイルドな感じ？」

「そうそう、言葉にするとすればワイルドな感じ！」

泉が盛大に納得しながら声を上げ、葵さんも瑛士も同意するように頷いていた。

その後、俺たちはワイルドワイルドうるさいくらいに言いながら食べ進め、食べ足りずに二品とも追加、さらに猪肉のたたきとすき焼きまで注文してジビエ料理を堪能。

四人でシェアしたとはいえ、これだけ頼めば相当な量になるのは当たり前。

食事の時間が終わる頃には泉がいつものように食べすぎて動けなくなっていた。

相変わらずだなと呆れつつ、こうして初めての旅行で初めてジビエ料理を食べ、いつものように泉が満腹でうんうん唸っていたことも、いつかきっと大切な思い出になる。

決して忘れないように、そっと記憶のアルバムに刻み込んだのだった。

*

その後、部屋に戻り食休みをした後――。

時計の針が十九時半を回った頃、俺たちは雪まつりに行くことにした。

とはいえ外は日が落ちて三時間以上が経ち、気温はだいぶ低くなっている。

浴衣の上に羽織を着ても寒いだろうと思い、私服に着替え直していこうと提案したんだが泉に『温泉街を私服で歩くなんて風情がない』と速攻で却下された。

温泉街は浴衣や羽織姿で下駄を鳴らして歩くもの。

そのイメージは俺もあるし、衣装に拘る泉の気持ちも理解できる。

それでも寒さには代えられないだろうと心配して提案したんだが、泉曰く『女子高生は真冬でもミニスカ生足だから大丈夫』と、さも当たり前のように言われてしまった。

冬でも生足が拝めるのは男子高校生的にはありがたいが、女子高生最強すぎる。

ちなみに素朴な疑問として、なんで女子高生って冬でも生足なのか聞いてみたら、お洒落や可愛らしさを意識してのことらしい……女子高生お洒落に命を懸けすぎだろ。

とはいえ風邪を引いてもいけないからインナーだけでも着込むように説得。

準備ができたらロビーで落ち合うことになって今に至る。

「二人ともまだかな」

「女の子の準備は時間がかかるものさ」

そうは言うけど、俺たちがロビーに来てからかれこれ十五分。

お腹いっぱいになった泉が寝てしまったんじゃないかと不安を覚えたが、どうやらそんな考えは杞憂だったらしい。

「お待たせ！」

声がして振り返ると、そこには泉と葵さんの姿があった。

「みんな揃ったし行こうか」

「うん。レッツゴー♪」

四人で玄関を出ようとした時だった。

「お出かけでしょうか？」

受付にいた仲居さんに声を掛けられた。

「はい。雪まつりを見に行こうと思って」

「それでしたら少々お待ちください」

仲居さんはそう言うと受付の奥に姿を消す。

すぐに戻ってくると、手持ちの提灯を二つ手にしていた。

「会場の雪灯りの里まであまり距離はありませんが、街灯が少ないので道は薄暗いです。日が落ちて凍り始めている場所もあるかもしれませんので、こちらをお持ちになって足元を照らしながら向かわれてください」

渡された提灯の中は蠟燭ではなくLEDの小さなライトが入っていて、浴衣に提灯という温泉街の景観を損なわないように配慮しつつ、かつ安全性も確保した作りになっている。

これならかなり明るい上に安全だろう。

「ありがとうございます」

仲居さんに見送られ、旅館を後にして会場の雪灯りの里へ向かう。

俺は葵さんと、瑛士は泉と提灯をシェアして石畳の道を進んでいく。

「葵さん、寒くない？」

「ちゃんと中に着込んできたから意外と平気」

「そっか。それならいいけど念のため渡しておくよ」

俺は浴衣の袖の中で温めておいたカイロを取り出して葵さんに渡す。

「家に一個だけ残ってたのを持ってきたんだ。来る途中にコンビニで買い足そうと思ったんだけど、電車とバスの乗り継ぎでコンビニに寄る間もなくて、これ一つしかないんだけど」

「ありがとう。でも私が使ったら晃君の分が……」

「俺は大丈夫だから」

「でも……」

葵さんは困った様子で眉を顰める。

でも次の瞬間、なにか閃いたような表情を浮かべると同時に頬を赤く染めた。

提灯の明かりでそう見えるだけかと思ったが明かりの色は白色だし、恥ずかしそうな表情をしているから気のせいじゃないような気がする。

なんて思った直後だった。

「え――」

不意に左手が温かさに包まれた。

自分の手元に視線を向けると、葵さんがカイロを挟むように俺の手を握っていた。

「こ、これなら二人とも温かいでしょ……？」

「あ、ああ。そうだな……」

やばい――驚きと恥ずかしさで体温が急上昇。

冬の夜の冷たく張り詰めた空気の中にいるのに身体が熱い。

寒さ対策でインナーを着込んでいるせいで余計に暑く、まさかこんなことで裏目に出るとは思わなかった。

いやもう、寒いのか暑いのかもよくわからない。

なんてテンパっていると『おまえら何度も手を繋いでいるし、間接キスまでしてるんだから今さら照れるなよ』と言われてしまいそうだが……これは慣れるものじゃないんだって。

とはいえ、一生手を繋ぐ度に照れるわけにもいかないんだけどさ。

「見えてきたよ！」

すると前を歩いていた泉が歓喜に満ちた声を上げた。

泉が指を差す先には暗闇(くらやみ)に浮かぶように小さな明かりが見える。

到着すると、入り口には『雪灯りの里』と書かれた看板が掲げてあった。

「すごい人だね」

「それだけ人気の観光スポットなんだろうな」

葵さんが驚いている通り、入り口は大勢の観光客で溢れていた。

俺たちのような学生と思われるグループや社会人のカップル、小さな子供を連れた家族など、老若男女問わずお客さんがいることがイベントの人気の高さを表している。

「わたしたち先に行くね。あとは若い二人でごゆっくり〜♪」

到着早々、泉はそう言って瑛士と一緒に会場内へ消えていった。

「「…………」」

唐突すぎて、思わず言葉を失くして立ち尽くす俺と葵さん。

事前に瑛士から別行動しようと提案されていたから、瑛士と泉が気を使ってくれたんだとわかっているが……泉のやり方が露骨というか雑というか、下手くそすぎる。

おまえは本当、お見合いをセッティングしまくる近所の世話焼きおばちゃんか。

さすがに葵さんも察したらしく、少し照れた様子で足元を見つめていた。

「俺たちも行こうか」

「うん」

はぐれないように葵さんの手をしっかりと握り締めて会場内へ。

入り口を通り抜けた瞬間、思わず声が漏れた。

「綺麗だね……」

「本当、すごいな……」

目の前に続く雪の回廊の両端には、小さなかまくらが道しるべのように続いている。

その中は紫色の明かりがともされていて、しかもその明かりは、まるで火の揺らめきのように明るさに強弱がつけられていて、なんとも幻想的な空間が視界の先まで広がっていた。

どうやらこの先に雪まつりのメイン会場があるらしい。

しばらく感動に声を失くして歩いていると、明かりの色が変化していることに気づく。

先ほどまで紫色だった明かりが黄色に変化しているのを見る限り、どうやら時間の経過に合わせて色を変える演出らしく、そうこうしているうちに今度は緑色へと変化する。

さながら、雪とかまくらの灯火（ともしび）が織りなすイルミネーションといった感じ。

辺りを見渡すとライトアップされているのはかまくらだけではなく、回廊沿いの至るところで見かける白樺の木々もクリスマスカラーでライトアップされていた。

「この小さいかまくら、いくつあるんだろうね」

「旅館にあったパンフレットに千個って書いてあったな」

「千個も？　たくさんあるんだね」

「でもこの先はもっとすごいらしいよ」

「もっと？」

いつものように可愛らしく首を傾げながら疑問符を浮かべる葵さん。

そうこう話しているうちにメイン会場に辿り着く。

「わぁ……」

すると葵さんは感動のあまり声を漏らした。

俺たちの目の前には、ライトアップされた氷の彫刻がいくつも展示されている。

これもパンフレットの受け売りだが、毎年雪まつりに合わせて氷彫刻の大会が行われ、全国から腕に覚えのある職人が集まって技を競うらしい。

エントリー作品の全てが雪まつりの期間中ここに展示され、観光客は好きな作品に投票でき、結果は後日発表されネットでも確認できるようになっている。

「順番に見て回ろうか」

「うん！」

葵さんは暗がりの中でもはっきりわかるほどに瞳を輝かせる。

まるで遊園地に遊びにきた子供みたいに無邪気な笑顔を浮かべながら。

それから俺たちは、お互いに感想を言い合いながら氷の彫刻を見て回った。

羽を広げ、今まさに飛び立とうとする躍動感あふれる白鳥や、鱗の一つ一つまで細かく彫り込まれた龍。クリスマス時期を意識したと思われるサンタとトナカイの前では、楽しそうに笑顔を浮かべながら立っている子供と写真を撮っている両親の姿があった。

「私も写真撮りたい」

「俺が撮ってあげるよ」

葵さんは並んで待っている子供の後ろに続く。

順番が回ってくると彫刻の前に立ち、写真に収めてあげたんだけど。

「葵さん、どうかした？」

葵さんは別の彫刻の前で一緒に写真を撮っているカップルを見つめていた。

「晃君、あのね……私も晃君と一緒に写真撮りたい」

両手でスマホを握り締めながら窺うように口にする。

「ダメ……かな？」

俺は首を横に振って答える。

「一緒に撮ろう」

俺は近くにいた人にお願いしてスマホを渡し、葵さんと彫刻の前に並んで写真を撮ってもらう。撮った写真をすぐにシェアすると、葵さんは満足そうに画面を眺めていた。

「よく撮れてる？」

「うん。すごくいい写真だと思う」

お互いに恥ずかしそうにしているが、それも含めて雰囲気のあるいい写真だった。

「この写真……待ち受け画面にしたら晃君、嫌？」

「え？　嫌じゃないけど……」

すると葵さんは目の前で待ち受け画面に設定して見せた。

「じゃあ、せっかくだし、俺もそうしようかな……」

正直照れくさいが俺も同じように設定する。

泉にだけは絶対に見られたくないな……。

「ふふっ……」

「ははっ……」

なんかもう、お互いに恥ずかしすぎて笑って誤魔化す。

「よ、よし。他にも見て回ろうか！」

「うん」

その後、スマホを片手に会場内に点在する氷の彫刻や風景を見て回る。

気に入った氷の彫刻を写真に収めたり、また一緒に写真に写ったり、雪まつりを堪能していたんだが……写真を撮るために繋いでいた手を離してしまったのがよくなかった。

「……葵さん？」

撮影に夢中になり、気が付けばずっと隣にいた葵さんの姿がない。

はぐれてしまった——いや、今の今まで一緒にいたんだから近くにいるはず。

そう思って辺りを見渡すが、観光客の多さと夜の暗がりのせいで見つけられない。

さらに言えば浴衣姿のお客さんが思った以上に多く、ぱっと見ただけでは葵さんかどうか判断することができない。

スマホをしまい、観光客の波を避けながら葵さんを探し回る。

「葵さん——！」

すると会場の隅で一人佇んでいる葵さんの姿を見つけた。

安堵に胸を撫でおろしながら葵さんに歩み寄ると、葵さんも俺に気づいて顔を上げる。

「よかった。すぐに見つけ——え？」

あまりにも突然だった。

俺が声を掛けるよりも早く、葵さんが俺の胸に飛び込んできた。

「葵さん……？」

驚きながら葵さんの肩に触れる。

すると、その小さな肩がわずかに震えていた。

「葵さん、大丈夫？　なにかあった？」

「……もう会えなかったら、どうしようって」

俺の羽織を摑む葵さんの手にきゅっと力が籠もる。

「……晃君がいなくなっちゃったら、どうしようって思った」

俺の胸に顔をうずめながら、消え入りそうな声でそう呟いた。


――もう会えなかったら。


葵さんは、まるで俺が突然いなくなってしまうかのように口にした。

見知らぬ場所ではぐれてしまい動揺しているとはいえ、離れ離れになっていたのはわずか数分。葵さんが涙を流すほど悲しんでいることに、言いようのない不安が胸を襲う。

どれくらいそうしていただろうか。

「ごめんね。取り乱しちゃって」

謝りながら顔を上げた葵さんの瞳は、薄闇の中でもわかるほど赤くなっている。

さっきまで無邪気な笑顔を浮かべて雪まつりを楽しんでいたのが嘘のようだった。

「もう大丈夫だから」

葵さんはそう言って笑みを浮かべる。

だが、その言葉を素直に受け取れるはずもない。

「続き、見よう」

「……そうだな」

もう二度とはぐれないように、改めて葵さんの手をしっかりと握り締める。

結局俺は、葵さんが悲しみに苛まれてしまった理由を聞くことができなかった。

*

「おかえり」

旅館に戻ると部屋で瑛士に出迎えられた。

どうやら俺たちよりも先に戻っていたらしい。

「雪まつりは楽しめたかい？」

「おかげさまでな」

なるべく平静を装ったつもりだった。

「その割には浮かない顔をしているように見えるけど」

瑛士に隠せるはずもなく、あっさり見抜かれてしまった。

一瞬どこまで話そうか判断に迷ったが、今はあえて口を噤（つぐ）んだ。

「心配かけるつもりはないんだけどな……」

今さら瑛士に嘘が吐けるとは思っていないし、嘘を吐こうとも思わない。

それでも言葉を濁したのは、俺が感じている心配が勘違いの可能性もあるからだ。

不意に取り乱した葵さんの姿が頭をよぎる――旅行中で良くも悪くも感情の起伏が大きくなっていたのかもしれないし、夜の暗がりの中で孤独を感じたからかもしれない。

その後、すぐに笑顔を取り戻した葵さんの姿から判断ができずにいる。

せめて俺の中で答えが出るまで黙っていようと思った。

「でも、気に掛けてくれてることには感謝してるよ」

「もしなにかあれば相談して欲しい。今さら遠慮はいらないよ」

「ああ。わかってる……ありがとうな」

こういう時の瑛士のスタンスにはいつも救われる。

無理に踏み込もうとはせず、相手の事情に配慮しながら手を差し伸べる。

困っている人を放っておけず、手当たり次第に手を差し伸べ散らかす泉とは対照的だが、だからこそ二人はバランスが取れているんだろうなと思った。

「泉は向こうの部屋か？」

「うん。はしゃぎ疲れたんだろうね。帰ってくるなりすぐ寝るって」

「そっか。葵さんも休むって部屋に戻ったよ。俺たちはどうする？」

「晃に付き合うよ」

「そっか。じゃあ寝る前にもう一度温泉に入ろうぜ」

「いいね。さっそく行こうか」

本当は瑛士も疲れているはずなのに付き合ってくれるのは、瑛士なりの優しさだろう。持つべきものは気心の知れた親友。そんな優しさに気軽に触れることができるのも残り三ヶ月と思うと、遠慮なんかせずに付き合ってもらおうと思った。

俺たちはタオルを手に部屋を後にし、露天風呂へと向かった。


その後、温泉を出て部屋に戻ると二十三時を過ぎたところだった。

瑛士はすぐに眠りについたが、俺は布団(ふとん)に入り温泉街のパンフレットを眺めている。

明日は二十四日、クリスマスイブ——クリスマスらしいことは泉が夜に計画しているらしいから任せるとして、日中は今夜のように葵さんと二人で自由行動。

葵さんと一緒にどこに行こうか頭を悩ませる。

「葵さん……明日は元気になっているといいな」

もし元気になっていなかったら俺が楽しませて笑顔にしてあげたい。
そう思いながら観光地を調べ続け、気が付けば寝落ちしていたのだった。

第四話　卒業旅行二日目

翌朝、時計の針が六時半を回った頃——。

瑛士より早く目を覚ました俺は女子の部屋の前に立っていた。

どうしてこんなに早く起きているかというと、朝食の時間が七時半だから。

少し早いと思われるかもしれないが、泉の寝起きがすさまじく悪いのは周知の事実。夏休みに瑛士の家の別荘に滞在した時も、毎日泉を起こすのに苦労したのを思い出す。

あの時は最悪起きるまで待っていればよかったが、今回は朝食の時間が決まっている。

泉だけ朝食なしは可哀想だから一足早く支度を終えた俺が二人を起こしに来たってわけ。

さすがにまだ眠いけどな……。

「二人とも起きてるかー？」

あくびを堪えながらドアをノックして中の様子を窺う。

すぐに返事はなかったが、少し待っていると足音が聞こえてきた。

鍵の開く音がした後、ゆっくりとドアが開いたんだが。

「晃君……おはよ……」

「ああ。おはよ――おお⁉」

寝ぼけ眼で現れた葵さんの姿を見て俺の眠気が吹き飛んだ。

なぜなら、葵さんの着ている浴衣が絶妙にはだけていたから。

今まさに起きたばかりで浴衣の乱れに気づく間もなく出てくれたんだろう。

はだけた浴衣の隙間から覗く豊かな双丘は、この温泉街を囲む山々が作り出す渓谷よりも立派な谷間を作り、その肌は山々に純白の薄化粧を施す新雪よりもはるかに白く美しい。

自分があられもない姿をしていることに気づいていない葵さんは、寝ぼけた感じでぽわぽわしている。

「……どうかした？」

寝起きの可愛らしさに色気を上乗せとか朝から刺激が強すぎる。

これは煩悩の神様からの一日早いクリスマスプレゼントだろうか？

どうかしたのは俺じゃなくて葵さんの方、なんて言えるはずもない。

マジでどうしよう……指摘したら葵さんが恥ずかしがるだろうし、知らないふりをしても部屋に戻ってから自分の姿に気づいて恥ずかしい思いをするだろうし。

「えっと……」

どちらにしても恥ずかしい思いをするのなら、もう少しだけ拝ませてもらおう。

なんて、煩悩に正直になって葵さんの胸元に視線を戻したのがいけなかった。

葵さんは俺の視線に気づいて不思議そうに首を傾げると、目で追うようにゆっくりと視線を胸元に落とす。

次の瞬間、顔を真っ赤にしながら両腕で胸元を隠した。

「いや、その……なんかごめん！」

「ううん。私の方こそ変なもの見せて……ごめんね」

「変なんてことないよ！　むしろ素晴らしい――って、そうじゃなくて！」

なにを言ってんだ俺は！

寝起きで俺まで寝ぼけてんのか⁉

「「…………」」

お互いに気まずさ全開、朝からとんだハプニング。

ばっちり目は覚めたものの、あまりの恥ずかしさに黙り込む。

「も、もうすぐ朝食の時間だから、泉を起こしてくれる？　準備ができるまで部屋で待ってるから、もしどうしても起こせなかったら呼びにきてくれれば……」

「うん。わかった……」

俺はゆっくりとドアを閉めて女子の部屋を後にする。

今まで半年同居してきたが、こんなご褒美イベントは初めてのこと。

なんて言うと『嘘つけ。同じ家に住んでるんだから一度や二度くらい美味しい思いをしたことあるくせに』なんて言われそうだが、マジで一度もなかったんだって。

同居を始めたばかりの頃、善意で洗濯物を干してあげようとした際に下着を見てしまったことはあったが、下着と生身じゃ覚える興奮度に雲泥の差があるのは理解してもらえるはず。

その証拠に、俺はさっきからずっと瞼に焼き付けた豊かな双丘を思い返している。

昔のエロい人はこう言った。


――女性の胸は海の神よりも多くの男性を溺れさせたと。


完全同意まである。

「なにをニヤけた顔で天を仰いでいるんだい？」

「うおぁっ！」

廊下で幸せを噛みしめていると、不意に現れた瑛士に声を掛けられた。

「別にニヤけてなんていないが？」

煩悩スイッチをオフにして努めて平静を装う。

「そうかい？　朝から意図せず大興奮って顔をしてたけど」

「そんなことは断じてない……たぶん」

マジで何度も俺の心を読まないで欲しい。

「それで、二人は起きた？」

「葵さんは起きたけど、泉は……まぁ、いつもの感じだ」

「だろうね」

「葵さんに起こしてくれるように頼んだが、起きなかったら呼んでくれって言っておいた」

「じゃあ、お茶でも飲みながら葵さんが呼びに来るのを待とうか」

瑛士は泉が起きない前提で話を進める。

結果、案の定というかいつも通りというか、泉が起きるはずもなく……葵さんが困った様子で助けを求めてきて、瑛士が寝ぼけた泉をおんぶして食事処へと連れていった。

もはや介護である。


「いや～。やっぱり日本の朝はお味噌汁だよねぇ……」

食事処に着くと、泉はお味噌汁の匂いに釣られてようやく目を覚ました。

しみじみとした表情でお味噌汁を飲む泉の姿を横目に、今回の卒業旅行の収穫が葵さんのはだけた浴衣姿の思い出以外にあるとすれば、それは泉の起こし方がわかったことだと思う。

食べ物の匂いに釣られて起きるとか、いよいよ泉の犬っぽさが際立ってきた。

そんな冗談はさておき――。

「今日は夕食まで別行動の予定だけど、瑛士と泉はどうするんだ？」

鮭の塩焼きに半熟卵、納豆と豆腐と数種類のお漬物。

いかにも和食といった感じの朝食をいただきながら二人に尋ねる。

「僕らは湯めぐりをしようと思っているよ」

「湯めぐりか……それもいいな」

湯めぐりとは、読んで字のごとく温泉を巡ること。

この温泉街には多くの入浴施設があり、千円を払って湯めぐり手形を購入すると全ての入浴施設が入り放題という、温泉好きにはたまらないイベントを行っている。

複数の温泉を楽しめることもあって人気が高いとパンフレットに書いてあった。

なんでも湯めぐりのためだけに日帰りでやってくる人もいるくらい。

「目標は全施設制覇ってことで、朝一からさっそく行くつもり♪」

ようやく血糖値が上がり完全に目が覚めた泉が期待に瞳を輝かせる。

「晃君、私たちはどうしようか」

「一応考えてあるから安心してよ」

「ありがとう。楽しみにしてるね」

いつもの笑顔を浮かべる葵さんの姿を見て、心の中で安堵する。

昨夜の雪まつりでの一件があったから心配していたんだが、今朝の様子を見る限り普段と変わらないように見える。

どうやら俺の考えは杞憂だったらしく胸を撫でおろした。

今日は旅行の中日、時間を忘れて遊び倒すことにしよう。

＊

朝食を終えると、俺と葵さんは瑛士たちより一足早く旅館を後にした。

今日も天気が良く、天気予報によると日中はそれなりに気温が上がるらしい。

とはいえ冬の山間部だから平地に比べたら寒いことに変わりはない。昨夜のように浴衣姿で温泉街を巡りたいが、短時間ならまだしも一日となるとさすがに厳しい。

残念だけど諦めて、私服姿で温泉街をのんびり歩く。

「晃君、最初はどこに行くの？」

「湯ノ元湿原を見に行こうと思って」

「湯ノ元湿原？」

「この温泉街の源泉が湧き出てる場所なんだってさ。なんでも地面から湧き出す温泉が見られる珍しい場所で、温泉好きの人が遠くから見に来る人気の観光スポットらしいよ」

「地面から……面白そうだね！」

葵さんは期待に瞳を輝かせる。

「それにしても、朝はまだ少し冷えるな」

もう少し日が昇れば違うんだろうけど、なんて思った時だった。

「晃君、ちょっと手を出して」

「手？　ああ、これでいい？」

言われるまま手を差し出すと、葵さんはポケットからカイロを取り出して昨夜と同じように
お互いの手で挟むように俺の手を握ってきた。

「これで温かいでしょ？」

葵さんは少しだけ照れくさそうにはにかんで見せる。

「昨日のやつ……なわけないか。どうしたの？」

「売店で売ってるのを見かけて買っておいたの」

「確かに温かいけど、せっかくなら二つ買えばよかったんじゃない？」

そうすればシェアしなくてもお互いに温かい。

特に他意はなく素朴な疑問として尋ねてみると。

「そ、それは……」

葵さんは照れくさそうにしながら目を逸らす。

「二つ買ったら、晃君と手を繋げないと思って……」

「なっ……」

マジか……。

まさか俺と手を繋ぐための口実作りで一つしか買わなかったとは。

そんな理由だとは夢にも思わず、葵さんに羞恥プレイをさせてしまったこの状況。

ぶっちゃけ照れている葵さんの姿を眺めるのは嫌いじゃないし、むしろ好きか嫌いかでいえば最近ちょっと好きになり始めているんだが、さすがに少し申し訳ない。

新しい扉を開きかけている俺の性癖の暴露はともかく、照れながらも言葉にしてくれるなんて、卒業旅行に来てから葵さんがやけに積極的に見えるのは気のせいじゃないはず。

トラベラーズハイでテンションが二割増しなのかもしれない。

「ごめんね。二つ買えばよかったね」

葵さんは少しだけ申し訳なさそうに苦笑いを浮かべた。

恥ずかしい思いをさせた上に謝らせてしまい、俺の方こそ申し訳なさが募る。

今さらそんなつもりじゃないと言ってもわざとらしいだろう。

だったら——。

「二つ買えば、明日もこうして葵さんと手を繋げるからさ」

「……晃君」

言っておいて、さすがに自分でもきざすぎると思う。

だけど、この返答なら葵さんの気持ちを無下にすることにはならないはず。

さらに明日も手を繋ぐ約束ができるなら我ながら冴えた返事じゃないか。

「だからさ、帰ったら明日の分も買おうよ」

「うん。そうだね」

この旅行中、できればもう葵さんの悲しそうな顔や困っている顔は見たくない。

自分にきざな台詞は似合わないとわかっているが、こんな時くらいは許して欲しい。

お互いの手を握り並んで歩みを進めていると、不意に葵さんが声を上げた。

「晃君、この匂いって――」

「ああ」

風に乗って漂ってきたのは強めの硫黄臭。

昨日温泉に入った時にも感じた温泉独特の香り。

それよりもはるかに強い、濃縮したような匂いが鼻を突く。

源泉が近いと思った直後、温泉街の入り組んだ街並みから一転して視界が開けた。

「ここか……」

目の前には辺り一面に広大な湿地が広がっていた。

あちこちから立ち込めている湯気が朝靄のように湿地を包んでいる。

湿地に点在している水たまりは、凍っていない上に白みがかった色をしていたり湯気が立ち込めたりしているのを見る限り温泉だろう。

　水面をよく見ると、泡と共に温泉が湧き出ている様子が見えた。

　まさかこんなふうに直接地面から湧き出ているなんて思わない。

　湿地にはスノコのような板で道が作られていて散策できるようになっていた。

「晃君、あれなに？」

　しばらく景色を眺めていると、葵さんが湿地に点在している小屋を指さす。

　小屋と呼ぶには高さの低い建物は、屋根に雪をかぶり軒に氷柱（つらら）を下げていた。

「あの中に源泉があって、温泉を旅館に送るための設備があるらしいよ。雨風に晒（さら）されて劣化しないように、ああやって小屋で保護してるんだ。ちなみに源泉は旅館ごとに分かれて管理していて、わかりやすいように小屋に旅館の名札がぶら下がってるんだってさ」

「じゃあ、私たちが泊まってる旅館の源泉もこの中にあるってこと？」

「探してみようか」

「うん」

　俺たちはさっそく湿地の中を進んでいく。

　足場になっている板は地面に直置きだからやや不安定で、しかも板と板の間に間隔が空いていることもあり、気を付けないと足を踏み外して湿地に落ちてしまいそう。

「葵さん、気を付けて」

「うん。ありがとう」

葵さんの手をしっかりと握りバランスを崩さないように慎重に進む。

湯気と温泉の匂いが立ち込める湿地の中、小屋に下げられている名札を一つ一つ確認していくと、すぐに俺たちの泊まっている旅館の名前が書かれた名札を見つけた。

「葵さん、あったよ」

「ここから旅館に運ばれてるんだね」

温泉がどこから湧いているかなんて考えたことがなかったから少し不思議な気分。

「ちなみに、このすぐ近くに足湯施設があって、ここの源泉で茹でた温泉たまごを売ってるんだって。せっかくだから足湯に入りながら食べてみない？」

「うん。食べたい！」

「じゃあ、次の目的地はそこにしよう」

一通り楽しんだ後、葵さんを連れて湯ノ元湿原を後にする。

足湯施設は温泉街の中心に近い場所にあり、湿地から歩いて五分ほどで到着。

ここは無料で気軽に楽しめるだけではなく、先ほど葵さんに説明したように温泉街の名物の温泉たまごが食べられることもあり、観光客が必ずといっていいほど訪れる場所。

その証拠に、まだ午前中なのに多くの利用客で溢れていた。

「晃君、あれってもしかして温泉たまごを買う人の列かな？」

葵さんの視線の先、入り口の隣の売店には長蛇の列ができていた。

「そうみたいだな。俺たちも並ぼう」

列の最後尾に並んで順番を待つ。

温泉たまご一つにこれだけの人が並ぶなんて、よほど美味しい証拠だろう。

楽しみなのは俺だけじゃなく、隣にいる葵さんは待ちきれない様子でそわそわ上半身を揺らしているんだが、その仕草が可愛らしくて思わず笑みを零（こぼ）さずにはいられない。

遊園地で順番待ちをしている小さい女の子みたいだ。

「晃君、なんだか楽しそうだね」

まさか葵さんの仕草を見ているのが楽しいからなんて言えない。

「ああ、温泉たまごが楽しみでさ」

「だよね。私も！」

ちょっと意地悪して言ってみようかとも思ったが、言ったらいつものように両手で顔を隠して恥ずかしがってしまうだろうから黙ってこっそり楽しませてもらうことにしよう。

そして待つこと十分、ようやく俺たちの番が回ってきたんだが……。

「すみません。あと一つしか残ってなくて」

「「え……」」

なんと二人で一つずつ買うつもりがラスト一個。

葵さんがわかりやすくショックの色を浮かべて肩を落とす。

「仕方がないから一つだけもらおう。葵さん食べていいからさ」

「でも、晃君の分が……」

「俺のことは気にしなくていいから」

俺がなにを言っても葵さんが気にするのはわかっている。

だからといって、お互いに譲り合いをしても仕方がない。

俺は最後の一個を買い、葵さんを連れて足湯施設へ入っていく。

入り口で靴と靴下を脱いで下駄箱にしまい奥へ進み、多くの観光客で賑わっている中、人の少ないところを見つけて腰を掛け、パンツの裾をまくってゆっくりと足を浸ける。

「おお……結構熱めだな」

足が冷えているせいもあって浸けた瞬間ピリつくくらいの熱さを感じた。

だが次第に温度に慣れていくと、むしろちょうどいい湯加減でほっとする。

「葵さん大丈夫？　熱すぎない？」

「うん。大丈夫」

足湯の気持ちよさに二人でほっと息を漏らす。

落ち着いたところで、俺は先ほど買った温泉たまごを葵さんに手渡した。

だけど葵さんは自分だけ食べることを気にしているようで、温泉たまごの入ったカップとスプーンを手にしたまま口を付けようとしない。

どうしたものかと思っていると、葵さんはなにやら閃（ひらめ）いた様子で顔を上げる。

すると温泉たまごをスプーンですくって口に運び、幸せそうな表情を浮かべた。

「美味しい？」

「うん。すごく美味しい」

葵さんの表情が柔らかそうにほころぶ。

その笑顔を見て安堵に胸を撫でおろすと。

「え……？」

葵さんが俺の口元に温泉たまごの載ったスプーンを差し出した。

「晃君もどうぞ」

「いいの？」

「うん。半分こにしよ」

それじゃ間接キスになる――なんて言ったら今さらか。

もちろん意識すると恥ずかしいが、これまで何度もしたことがあるんだから今さら遠慮する方が不自然だろう。

「じゃあ、いただきます」

差し出された温泉たまごを口にした瞬間、なめらかな食感が口の中に広がった。

ほのかに香る温泉の匂いと美味しさに驚きながら、でも口の中に温泉たまごが残っているから喋ることができず、言葉にする代わりに葵さんを見つめながら何度も頷いてみせる。

するとと葵さんも俺に合わせて笑顔で何度も頷いた。

「美味しいよね」

「ああ……これはちょっと驚くレベルだな」

ようやく飲み込んで言葉で返す。

「一つしか買えなかったのが惜しいな……残ってれば瑛士や泉の分も買って帰るのに」

「二人が食べたいって言ったら、明日帰る前に買いに来ようよ」

「そうだな。そうしよう」

温泉たまごを半分こした後、俺たちは足湯で温まりながらのんびり過ごした。

雪まつりの話をしたり、昨日の夕食の話をしたり、温泉の話をしたり。

思うままに会話を楽しみながら穏やかに流れる時間を満喫する。

どのくらい会話をしていただろうか。

不意に葵さんが俺の肩に頭をもたせかけてきた。

「葵さん？」

葵さんの顔を覗き込むと、瞳を閉じて小さく寝息を立てていた。

「寝ちゃったか……」

眠くなるのもわかる。

これだけ身体が温かくなれば眠くもなるだろう。

昨日は長距離移動で疲れたのはもちろん、葵さんはずっとテンションが高かった。

葵さんは自覚していないかもしれないが、普段大人しい葵さんがあれだけはしゃげば一晩寝たくらいじゃ疲れがとれなくて当然だろう。

かく言う俺も、実は少し疲れと気持ちよさで眠くなりかけているし。

葵さんを起こすのも可哀想だと思い、しばらく肩を貸し続ける。

そんな時間を過ごしながら、ふと思った。


――こんなにも幸せな時間を過ごせることを嬉しく思う。

――ただ、幸せな時間はあと三ヶ月も残っていない。


悲観しているわけじゃない。

もう自分の気持ちに折り合いは付いている。

葵さんが抱えていた問題は全て解決し、俺が転校した後の心配はなくなり、葵さんはもちろん、瑛士や泉との付き合いが転校くらいで途絶えるはずがないこともわかっている。

きっと次の転校は、俺が過去何度も経験してきたようなものとは違う。

全てを諦めざるを得なかった別れとは違うはずだという確信がある。

でもそれは全部、葵さんのおかげなんだ。

葵さんは『今の私があるのは晃君のおかげ』と言ってくれるが、それは俺にとっても同じ。

こうして心穏やかでいられるのは、あの雨の日、公園で葵さんと出会ったから。

改めて思うんだ。


――葵さんに手を差し伸べる日々の中で、俺自身、葵さんに救われていたんだと。


もう、なにも心配することはない。

心穏やかに残された時間を過ごし、葵さんとの関係を一歩でも進められればいい。

「そう、思っていたんだけどな……」

昨夜、葵さんが見せた涙が頭の片隅から離れない。

葵さんが泣いている姿を見たことは今まで何度かあった。

日帰りで温泉に行った後に立ち寄った神社で、泉と瑛士が願いを叶えてくれるという御神木に葵さんの幸せを願ってくれた時や、長年疎遠だった祖母と感動の再会をした時。

そして母親と決別した日の夜、二人でプリンを口にしながら流した涙。

だが、昨日の夜ほど取り乱しながら涙を見せたのは初めて。

　これまで目にしてきたものとは異質の涙に、わずかな懸念を覚えずにはいられず、それだけが、まるで小さな棘のように心の隅に刺さっているような気分だった。

「でも、そう心配してしまうのも……」

　もしかしたら、俺の中に残るわずかな庇護欲のせいなのかもしれない。

　葵さんを必要以上に庇い守ろうとする気持ちが、本当は心配するようなことじゃないのにも拘わらず、そう思わせる……まるでいつまでも子離れができない親のように。

　いい加減、俺は葵さん離れをしないといけないのかもな。

「んん……」

　そんなことを考えていると葵さんが目を覚ます。

「……私、寝ちゃってたみたい」

　葵さんは俺の肩に頭をもたせたまま、まだ眠そうにしながら口にする。

「最近はテスト勉強漬けだったし、昨日は移動疲れや遊び疲れもあったんだろうな」

「どのくらい寝てた？」

「三十分くらいかな」

「せっかくの旅行中なのにごめんね。起こしてくれてよかったのに」

「謝ることなんてないさ。おかげで俺ものんびり足湯を満喫できたよ」

「……ありがとう」

でもそんな懸念も、この笑顔を見ると気のせいだと思ってしまう。

きっとそうだろう——自分を納得させるように心の中で呟いた。

「そろそろお昼でも食べに行こうか」

「うん。でも、その前に」

葵さんはスマホを取り出して二人の前に掲げる。

「これも大切な思い出だから、写真に残しておきたいの」

身を寄せ合って写真を撮ってから足湯施設を後にする。

気が付けば、どちらからともなく手を繋いで歩いていた。

*

その後、俺たちは湖畔にあるレストハウスでお昼を食べた。

窓際の席から見渡す湖は、標高の高さと夜間の外気温の低さのためか半分以上が凍っていて、氷の上で羽を休める野鳥と、溶けている湖面に浮かび魚を狙う鴨の姿が見えた。

幻想的な風景を眺めながら食事をするなんて贅沢そのもの。

食事後は気の向くままに温泉街を散策し、気が付けばもう夕方。

辺りが少し薄暗くなった頃、通り沿いにぽつんと佇む羊羹屋を見つけた。

「温泉街に羊羹屋か……ちょっと不思議な組み合わせだな」

「うん。お土産屋さんじゃなくて羊羹の専門店なんだね」

気になってスマホで調べてみると、この温泉地ではかなり有名な羊羹屋らしい。

なんでも、ここの羊羹目当てに遠方からはるばる買いに来る熱烈なファンもいて、その人たちにとっては羊羹が本命で温泉の方がおまけまであるらしい。

中でも一番人気は塩羊羹、甘さと塩加減が絶妙とのこと。

「そう言われると食べたくなるな」

「うん。それにほら、日和（ひより）ちゃんのお土産にちょうどいいんじゃない？」

「確かに日和が喜びそうだ」

そう思うと迷う余地はない。

「入ってみよう」

「うん」

ドアを開けると、店内には数組のテーブルと椅子が並んでいた。

どうやら持ち帰り用の販売だけではなく、飲食もできるようになっているらしい。

さっそく目当ての塩羊羹を探そうと店内を見て回ると。

「申し訳ありません」

奥から出てきた店員さんに、挨拶（あいさつ）よりも先に謝られた。

「実は先ほど本日分が完売してしまって……」

マジか……。

「当たり前ですけど、一つもないってことですよね？」

「はい。あとは予約のお客様の分だけで……」

葵さんと顔を見合わせる。

「仕方ないな」

「そうだね」

相当人気のお店らしいし、俺たちがお店に来た時間も遅すぎる。

せっかくだから明日の分を予約させてもらおうと思ったら、なんと明日は定休日とのこと。

残念だけど諦めて、日和へのお土産は別のものを探そうと思っていた時だった。

「あれ？　二人も買いに来たの？」

聞きなれた声が背後から聞こえて振り返る。

するとそこには泉と瑛士の姿があった。

「なんで二人がここに？」

「なんでもなにも、塩羊羹を買いに来たんだよ」

「俺たちもたまたま見かけて、日和のお土産に買って帰ろうと思ったんだけど、もう予約の人の分しか残ってないらしくてさ」

「それなら大丈夫。わたし予約してあるから」

「「え？」」

思わず葵さんと揃って驚きの声を上げてしまった。

すると泉は状況を把握したようで、俺たちにドヤ顔をしてみせる。

「このわたしが名物の塩羊羹を見逃すと思った？　旅行の一週間前に電話して、みんなの分はもちろん日和ちゃんの分まで予約済み。もちろん明日が定休日なのもリサーチ済み♪」

さすが泉と思わずにはいられない。

観光地のお土産まで調べているなんて、三度の飯より和菓子が好きな泉らしい。

「今回ばかりは素直にさすがだと思ったよ」

「ふふーん♪　もっと褒めてくれてもいいけど？」

いつも以上に得意げな顔をしてみせる泉。

今日くらいは好きなだけドヤ顔させてあげよう。

「夕食の後にでも、みんなで食べようね♪」

お会計を済ませ、店員さんから塩羊羹を受け取ってお店を後にする。

スマホで時間を確認すると十六時過ぎ——まだ夕食までは時間があるが、日はほとんど落ちているし、夕食の前に温泉に入りたいから少し早めに旅館へ帰ることにした。

そんなこんなで、なんの気なしに道を歩いていると。

「あれ～♪」

後ろを歩いている泉が笑いを堪えている感じで声を上げた。

「どうかしたか？」

「別にどうもしないけど、二人仲良く手を繋いでるな～と思って♪」

「「――⁉」」

泉に言われた瞬間、咄嗟に手を離しそうになったが思いとどまる。

昨夜の雪まつり以来、あまりにも手を繋ぐことが自然になっていたせいだろう。

俺も葵さんも二人の前なのをすっかり忘れて手を繋いでいた。

だけど今手を離してしまったら、葵さんに手を繋ぎたくないと思われてしまうかもしれない。

そんな誤解だけはされたくなくて、離しかけた手をしっかりと握り直した。

「……いいだろ。手くらい繋いでも」

「晃君……」

葵さんは少し驚いた様子で俺の顔を見上げると、俺の手をそっと握り返してくる。

泉はそんな俺たちを微笑ましそうに見つめていた。

「もちろん。わたしたちの前だからって遠慮しないで、これからもぜひぜひ仲良くしてよ。その方がわたしと瑛士君も二人の前で気を使わずにイチャイチャできるからね！」

「おまえが気を使ってイチャイチャしなかったことなんて今まであったか？」

俺たちの前はもちろん、クラスメイトの前でもしなかったことなんてないだろ。

「ははっ。確かになかったね♪」

突っ込まれた瞬間は死ぬほど恥ずかしかったが、これからは遠慮しなくていい。

今までは手を繋ぐだけで緊張していたが、こうして周りを気にせず自然と繋げるようになっただけでも『関係を一歩進める』という旅行の目的を達成できたんだと思う。

この手のぬくもりが、なによりの証拠だと思った。

＊

「ど、どうかな……？」

その夜、時計の針が二十一時を過ぎた頃――。

俺の目の前には、生足へそ出しミニスカ姿のサンタクロースがいた。

「あ、ああ……よく似合ってるよ」

なぜこんな状況かというと、今は絶賛クリスマスパーティーを開催中だから。

あの後、旅館に戻った俺たちは温泉と食事を済ませ、四人で男子の部屋に集まって食休みをしていたんだが、不意に泉と葵さんがそわそわした様子で女子部屋に戻っていった。

泉がなにか企（たくら）んでいるのは容易に想像がついたが、それから待つこと十数分後。

サンタクロースのコスプレをした葵さんと泉が、ケーキとパーティーグッズを手に戻ってきて襖を開けるなり『メリークリスマス！』と叫びながらクラッカーを連発した。

視覚的にも聴覚的にもびっくりしすぎて心臓がとまるかと思った。

「葵さんばかり褒められていいな～。瑛士君、わたしはどう？」

「もちろん、泉もすごく似合ってるよ」

「ありがとう！　やっぱりわたしの彼氏は優しいな～。愛してるぞ♪」

「僕も愛してるよ」

学校だけにとどまらず、旅行先でも部屋の中心で愛を叫び合う二人。

二人の愛の叫び合いが時も場所も選ばないのはいつものこと。

「それにしても葵さん、けっこう派手な衣装を選んだね」

「や、やっぱりそう思うよね……？」

葵さんは極めて恥ずかしそうに両手で顔を隠す。

「私も露出が多くて少し派手だと思ったんだけど……泉さんがサンタのコスチュームを着る女子高生はおへそを出す決まりがあるって教えてくれて、恥ずかしいけど頑張ってみたの……」

恥ずかしい時に顔を隠すのは葵さんの癖だが、おへそは隠さなくていいのかな？

それはともかく泉の奴、また葵さんに適当なことを吹き込んで……なんて思いながら視線を向けると、悪びれるどころか感謝しろと言わんばかりにドヤ顔を向けてくる。

女子高生はおへそを出す決まりがあるとか、おまえはどこの文化圏の女子高生だと小言の一つも言ってやりたいが、今日のところは葵さんの可愛いおへそに免じて許してやろう。

おまけに胸元もかなりの露出だし、むしろお礼を申し上げたいマジありがとう。

心の中でお礼を言いつつ――。

「それで、なんで俺はトナカイの着ぐるみを着せられてるんだ？」

女子二人のサンタコスとは対照的に、俺と瑛士はトナカイの着ぐるみを被っていた。

「サンタがいるのにトナカイがいないと不自然でしょ？」

「まぁ、言わんとしてることはわかるが……」

俺が聞きたいのはそういう意味じゃないんだよな。

なんて言ったところで話が噛みあう気がしない。

「まぁいいじゃないか。たまにはこういう格好も悪くないよ」

瑛士は鼻に赤い毛糸のぽんぽんを着けて上機嫌、満更でもなさそうに口にする。

学園祭の和風金髪ギャル喫茶で女装した時も思ったが、中性的なイケメンはどんな格好をしても似合うから困る。

トナカイの着ぐるみすら着こなすってどういうことだよ。

素材としての俺と瑛士の差を見せつけられたようでちょっと凹む。

「ほら、葵さんも晃君のトナカイ姿の感想を言ってあげないと！」

感想なんてないだろ、なんて思っていると。

「私、くまさんも好きだけど鹿さんも好きだから一緒に写真撮っていい？」

葵さんはスマホを両手にうずうずした様子で瞳を輝かせる。

そう言えば旅行前に森のくまさんに会えるかなって話していたな。

それはともかく、トナカイと鹿は別の生き物なんだけど……まぁいいか。

「それならわたしが写真撮ってあげる！」

葵さんは泉にスマホを渡すと俺の隣に並んでちょこんと座った。

「葵さん、違う違う」

「違う？」

するとと泉は俺に視線を向けてくる。

「晃君、ちょっと四つん這いになって」

「なんでだよ」

「いいからちょっとしてみて」

全力で嫌な予感がするが、泉は一度言い出したら聞かない。

あれこれ文句を言うのも面倒だから言われた通りの格好をすると。

「はい葵さん、晃君の上に座って――」

「どうせそんなことだろうと思ったよ！」

思いっきり食い気味に突っ込んでやった。

「だってサンタはトナカイの背中に乗るものでしょ？」

「なにを言ってるんだ、おまえは……」

とんでもないことをさも当然のように言いやがった。

「それにね、コスプレはなりきることが大切なんだから照れてちゃダメ」

いや……言ってることは正しいんだけど正しくない。

ついでに言うとサンタが乗るのはソリであってトナカイの背中じゃない。

いったい俺たちになんのプレイをさせるつもりだろうか？

「晃君、乗っても平気？」

やっぱり人を疑うことを知らない葵さんは泉の言葉を信じて俺の背中に乗ろうとする。

なんだか文句を言っている俺の方がおかしいみたいな空気になってきたんだが……。

なんでもいいよもう。

「ああ、大丈夫」

「じゃあ……失礼します」

すると葵さんは上品に横座りで俺の背中に腰を下ろす。

「おっふ……」

瞬間、背中に柔らかなお尻（しり）の感触が伝わり変な声が漏れてしまった。

背中に掛かるほどよい重さと、お尻の柔らかさとともに広がる温もりが心地いい。

「晃君、重くない？　重いよね？」

「いや、全然重くないよ。大丈夫」

むしろもう少し重いくらいが、お尻の感触を実感できていいくらい。

正直勘弁してくれと思っていたが、こんな素敵な感触を味わえるなら毎年トナカイになってもいいし、なんなら葵さん専属のトナカイとして今後の人生を捧げてもいい。

もしかすると俺の前世はトナカイだったんじゃないだろうか？

どうしよう……また新しい世界の扉を開いてしまう。

「晃君、確かにコスプレはなりきることが大切だって言ったけど、なにも鼻の下の伸び具合まで再現しなくてもいいんだよ？」

「そこは一ミリも再現してないわ！」

「じゃあ写真撮るよ。はい、チーズ♪」

そんな感じで葵さんとの新たな思い出を写真に収める。

葵さんは満足そうに写真を眺めた後、すぐに写真をシェアしてくれた。

若干シュールな構図だが、葵さんの生足へそ出しミニスカサンタのコス写真。

この写真は夏休みに泉が送ってくれた葵さんの水着写真と同様、明護家の家宝として今後数百年にわたり、子々孫々まで命脈を絶やすことなく受け継がせていくことにしよう。

マジで眼福すぎることこの上なし。

「じゃあ、みんなでケーキ食べよっか！」

こうしてクリスマス限定のトナカイプレイは終了。

泉はケーキを箱から取り出し、葵さんと協力して四等分に切り分ける。

みんなに取り分けると、飲み物を片手にクリスマスパーティーが始まった。


それからしばらく歓談をしていた時、ふと気づいたことがある。

こうして目的もなく思うままに好きなことを話すのは初めてかもしれない。

これまで四人で集まる時は、必ずと言っていいほど葵さんの問題に関する話をしていた。

もちろん、それ以外の話を全くしてこなかったわけじゃないが、みんなで話をする時は得てして葵さんの事情や学園祭の打ち合わせなど、事務的な話題がほとんどだった。

だから純粋に四人の時間を楽しめたのはこれが初めて。

それが素直に嬉しかった。


楽しい時間ほど早く過ぎるとはよく言ったもの。

ケーキやお菓子も食べつくし、気づけば時計の針が日を跨（また）いだ頃。

「お、二十五日になったね♪」

泉は部屋に持ち込んでいた自分のバッグを漁り出す。

すると見覚えのあるリボン付きの可愛い袋を取り出し、葵さんに差し出した。

「はい葵さん、メリークリスマス♪」

「え……私に？」

葵さんが驚きながら受け取ったのは他でもない、俺が泉と一緒に選んだ下着だった。

中身を知っているだけに、みんな揃っている前で渡すなんてマジかと思ったが、まぁこの場で開けなければいい話だなと思いやりとりを眺めていると。

「ありがとう。開けてみていい？」

「もちろん。開けて開けて♪」

開けていいのかよ！

なんて突っ込めるはずもなく、葵さんは袋の口を結んでいるリボンを解く。

とめようと思ったが、とめたら俺が選んだのがバレてしまうかもしれない。泉には黙っているようにお願いしたし、なにも知らないふりをしてやり過ごした方がいいだろう。

触らぬ神と下着に祟りなし。

「……えっ⁉」

葵さんは中を覗き込んだ瞬間、顔を真っ赤にしながら袋を抱きしめる。

「泉さん、これ……」

葵さんは中に入っているのが下着だと気づいて照れているが焦る必要はない。

ここは我関せず、知らぬ存ぜぬを決め込もうと思った次の瞬間――。

「それね、晃君が選んでくれたんだよ♪」

「ちょおおおおおおおおおおおおおおい！」

部屋に俺の奇声が響き渡る。

「ちょ、おま――話が違う、ええ⁉」

もう自分でもなにを言っているかわからない。

「え？　え？　……え？」

葵さんは照れと驚きと困惑から連続で疑問符を浮かべまくる。

どうする――もう言い逃れのしようがないくらい派手なリアクションを取ってしまったから、今さら俺は関係ないというのは無理がありすぎる。

それに知られてしまった以上、葵さんに嘘を吐くのも後ろめたい。

「泉……葵さんには言わない約束だっただろ？」

葵さんに言い訳という名の説明をする前に泉に一言モノ申す。

「あれ～？　そうだったっけ？」

すっとぼける泉を見てデジャブを感じた。

デジャブというか、もう何度も目にしてきたやり取りだ。

「ふふっ……」

すると不意に葵さんが笑い声を漏らした。

「晃君、泉さんに口止めしてもダメだよ」

葵さんは状況を察したらしく、照れながらも面白そうに笑みを浮かべた。

「私も泉さんに言わないでねってお願いしたのに、何度も言われちゃったから」

葵さんの言った通り、今まで何度も泉に秘密を暴露される不憫な葵さんを見てきた。

自分がその状況になるとは思いもしなかったが、今なら葵さんの気持ちがよくわかる。

最近だと夏休み、葵さんが俺と仲を深めたくて泉と日和に協力を頼んだら、二人が悪ノリして必要以上に世話を焼かれまくった挙げ句、泉にぽろりと暴露された件。

あの時の葵さんの羞恥の極みのような表情が頭に浮かぶ。

うん……きっと今の俺もあんな顔をしているんだろうな。

「ちょっと待って！」

すると泉が異議ありと言わんばかりに声を上げる。

「それじゃ、まるでわたしが秘密を守れない人みたいじゃん！」

「みたいというか事実だろ」

即座に突っ込むと、泉は抗議の意志を込めて頰を膨らませる。

「わたしだって言っていい秘密と言っちゃいけない秘密の分別くらいつくから！」

なんだその無茶苦茶な主張は。

秘密という言葉の意味を調べろと言ってやりたい。

「まぁ細かいことは置いといて、選んでくれた晃君に感想をどうぞ♪」

「え――!?」

葵さんは困った様子で袋の中を何度もチラチラ覗き込む。

しばらくするとめちゃくちゃ恥ずかしそうにしながら。

「あ、ありがとう……紫陽花(あじさい)、すごく可愛いと思う」

「ど、どういたしまして……」

頭から湯気が出そうなほど顔を真っ赤にしている俺と葵さん。

泉と瑛士はそんな俺たちの姿を微笑ましそうに眺めていた。


その後、俺たちは用意していたプレゼントを交換し合った。

泉は瑛士と二人で俺にもプレゼントを用意してくれていたらしく、受け取った袋の中からプレゼントの品を取り出すと、なんと出てきたのは高級そうなボクサーパンツ。

葵さんにも俺にも下着を贈るとか、これはいったいどういう意味だろうか?

意味深なメッセージが込められている気がするが、今は考えないようにしておこう。

そして俺と葵さんからは、二人にペアのハンカチをプレゼント。

俺が葵さんのプレゼントを買いに行った日の夜、葵さんと一緒に選んだプレゼント。

二人は付き合いが長いのにお揃いのものを持っていなかったらしく喜んでくれた。


こうしてプレゼント交換で盛り上がった後――。

泉は遊び疲れたのか、気が付けば床に転がって寝落ちしていた。

「僕は泉を部屋に連れていくよ」

「そうした方がよさそうだな」

瑛士は泉を抱き抱え、女子の部屋へ連れていく。

「いい時間だし、瑛士が戻ったらお開きにしよう」

「うん。そうだね」

瑛士が戻るのを待ちながら、二人で空き缶やお菓子の袋の片付けを始める。

だけど一通り片付け終わった後、俺と葵さんがトナカイと生足へそ出しミニスカサンタの衣装から浴衣に着替えても、瑛士が女子の部屋から戻ってこない。

「さすがに遅いな……ちょっと様子を見てくるよ」

「うん」

女子の部屋へ向かい、ドアをノックするが返事はない。

なにかあったんだろうかと心配になりドアを開けようとしたんだが。

「あれ？」

どれだけドアノブを回してもドアが開かない。

「……まさか」

瞬間、嫌な予感が頭をよぎる。

いや、まさかじゃない。

「どう考えてもそうとしか思えないだろ……」

気づいた瞬間、心臓がドキリと跳ねた。

どうする……？

このままだと葵さんと同じ部屋で一晩過ごすことになる。

一緒に暮らしてきたくせに、なにを今さら緊張しているんだと思われるかもしれないが、一つ屋根の下とはいえ部屋は別だし、一緒の空間で寝たことなんて一度しかない。

その一度というのは一学期、終業式を数日後に控えた夜のこと。

「あの時の葵さん、俺に身体を許そうとしたんだよな……」

ベッドの中で感じた葵さんのぬくもりを妙にリアルに思い出す。

いやいや、なんでこのタイミングで思い出すんだよ俺は！

おかげで俺の中の純情な煩悩が爆発(ばくはつ)寸前。

「落ち着け……とりあえず葵さんに状況を説明してからだ」

男子の部屋の前で深呼吸を繰り返し、己の中の煩悩ボルテージを下げる。

強い意志を持って強制的に賢者タイムに突入してから部屋の中へ。

「どうだった？」

「部屋に鍵が掛かっててさ、呼んでも返事がないんだ」

「え……？」

葵さんもすぐに状況を把握したんだろう。

どうやら俺たちは二人に気を使われてしまったらしい。

「「…………」」

狭い部屋に年頃の男女が二人、時計の針の音が聞こえるほどの静寂が訪れる。

朝までこの部屋で二人きり、一緒に過ごすことになれば無言にもなる。

いやいや、なにも同じ布団で寝るわけじゃないんだし冷静になれよ俺。

「仕方がないから、今日は葵さんもこの部屋で寝なよ」

「うん……そうだよね。そうする」

なぜか葵さんは力強く頷く。

その表情が覚悟を決めたように見えるのは気のせいだろうか？

とにかく、こういう時は余計なことを考える前に寝てしまうに限る。

布団を敷こうと押し入れを開け、目にした光景に思わず固まってしまった。

「マジか……」

なんと押し入れには布団が一組しかなかった。

いやいや、今朝はちゃんと俺と瑛士の二人分あったのになんで？

なんでもなにも、これも二人が気を使ってくれた結果なんだろうけどさ。

「晃君、どうかした……え？」

葵さんも状況を把握して絶句する。

「こんな時間でもフロントやってるかな？」

さすがに一緒の布団で寝るわけにはいかないと思ったんだが。

「一つしかないなら、一緒に寝ればいいんじゃないかな……」

葵さんからまさかの提案。

やはり葵さんから妙な決意を感じる。

「一緒でいいの？」

「晃君が嫌じゃなければ……」

「俺は全然嫌じゃないよ……」

こうして俺たちは一緒の布団で寝ることに。

布団を敷いて寝る準備を済ませたものの、なかなか布団の中に入ることができない。

こんな気分のまま一緒の布団に入ったら緊張と興奮で朝まで寝られないと思う。

なにか別の話でもして、お互いに気持ちを落ち着けた方がいい。

「そうだ」

それならちょうどいい。

「葵さんに渡したいものがあるんだ」

「渡したいもの？」

俺は自分のバッグからリボン掛けされた小さな箱を取り出す。

「泉や瑛士の前で渡すのが恥ずかしくて、いつ渡そうか迷ってたんだけど……これ、葵さんにクリスマスプレゼント」

プレゼントを差し出すと、葵さんは手で口元を押さえ驚いた表情を浮かべる。

「正直に言うと、なにをプレゼントすればいいかわからなくて……この前の土曜日、泉に選ぶのを手伝ってもらったんだ。さっき泉が葵さんにプレゼントした下着を選んだのは俺なんだけど、相談に乗ってもらう代わりに泉のプレゼント選びを手伝わされてさ」

先ほどの泉の説明だと『なんで泉さんからのプレゼントを晃君が選んだの？』と、疑問に思われるというか、誤解されると思ったからついでに説明。

さすがに少し言い訳っぽいけど。

「開けていい？」

「もちろん」

葵さんはリボンを解いて箱を開ける。

「これ――」

中に入っていたのは紫陽花をモチーフにしたネックレス。

葵さんはそっと取り出して手に取ると、驚いた様子で息を呑む。

「気に入ってくれたら嬉しいんだけど……」

だけど葵さんは、ネックレスを手にしたまま固まってしまった。

驚きとも困惑ともとれる表情を浮かべたままネックレスを見つめる葵さん。

……もしかして気に入らなかったんだろうか？

そんな不安がよぎった直後――。

「これね、私から晃君へのプレゼント」

葵さんは自分のバッグを手繰り寄せると、中からまさかのものを取り出した。

それは俺がプレゼントしたネックレスと同じ箱。箱のサイズや色はもちろん、赤色ベースに緑色のステッチが入ったクリスマスカラーのリボンの柄まで全て一緒だった。

「開けてみて」

まさかと思いながらリボンを解いて箱を開けた瞬間、息がとまった。

「どうしてこれが……？」

中には俺が葵さんへプレゼントしたネックレスのメンズ用が入っていた。

確かに葵さんにプレゼントしたネックレスは元々ペア用で、泉にお揃いで買えばいいのにと勧められたものの、恥ずかしくてレディースだけをプレゼントとして購入したもの。

でも……。

「私もびっくりしたんだけどね」

葵さんは状況を理解しているらしく穏やかに話し始める。

「この前の土曜日、晃君は泉さんにプレゼント選びを手伝ってもらったんだよね？」

「ああ」

「実は私、日曜日に泉さんと一緒にこれを買いに行ったの」

「え……？」

その一言で俺も全てを察した。

「土曜日に泉さんから『明日、晃君へのプレゼントを見に行こう！』って誘われて、お店に着いたら『絶対にこれがいいから！』っておすすめしてくれたの。すごく強くおすすめしてくれたから不思議に思ってたんだけど、こういうことだったんだね……」

ふと思い出す――泉と一緒にジュエリーショップで葵さんへのプレゼントを買った時、泉は店員さんとなにかを話した後、友達に連絡するからとお店の外へ出て行った。

あの時は気にも留めなかったが……。

つまり泉は、俺と葵さんにペアのネックレスをプレゼントさせ合うために、店員さんにネックレスの取り置きをお願いし、翌日葵さんと一緒に買いに行ったんだろう。

こうでもしないと、俺が恥ずかしがってお揃いにしないから。

こんなサプライズを用意してくれていたなんて……下着を選んだことを暴露されて少し根に持っていたが、こんなお膳立てをしてくれたならチャラにしないわけにもいかない。

むしろ感謝の気持ちしかない。

「晃君、今着けてみてもいい？」

「もちろん。俺も着けようかな」

俺たちは贈り合ったネックレスを着けてみる。

俺はすぐに着けられたが、葵さんは上手く着けられずに手間取っていた。

「よかったら俺が着けようか？」

「うん。お願いしていい？」

葵さんは俺にネックレスを渡すと背中を向け、髪を押さえてうなじを露わにした。

プールでポニーテールにした時も、夏祭りに浴衣姿で髪をアップにしていた時も、旅館について浴衣に着替えた時も、こっそり眺めるしかなかった葵さんの美しすぎるうなじ。

こうして遠慮することなく拝める日がくるなんて……。

「晃君、どうかした？」

「あ、ああ。ごめん！」

感動のあまり見惚れていると、葵さんから心配そうに尋ねられた。

軽く咳払いをして誤魔化しつつ、ネックレスを葵さんの首に回して留め具を付ける。

すると葵さんは改めて俺に向き直った。

「ど、どうかな？」

浴衣の襟の間、葵さんの首元にはサファイアで彩られた紫陽花のネックレス。

ジュエリーショップで店員のお姉さんが着けてくれたのを見た瞬間、葵さんに似合うと信じて疑わなかったが、実際に着けている姿は想像を遥かに超えて似合っていた。

「うん……すごく似合ってる」

「ありがとう。晃君も似合ってるよ」

嬉しそうに笑みを浮かべる葵さんを見つめながら思う。

これで葵さんの紫陽花にまつわる思い出に、一つでも素敵な思い出が増えると嬉しい。

過去の記憶や辛い思い出を忘れることができなかったとしても、紫陽花を見る度に幸せを感じる瞬間を、これから一つでも多くプレゼントしていきたいと思った。

「ねぇ晃君、一緒に写真撮ろう？」

「ああ。いいよ」

俺たちは身を寄せ合ってシャッターを切り、撮った写真を確認する。

俺の首元には紫色の紫陽花、葵さんの首元には青色の紫陽花が輝いていた。

ポートレ
写真

きっとこの写真も、忘れられない素敵な思い出の一つになるはず。

「……そろそろ寝ようか」

「うん。そうだね」

俺たちはネックレスを外して大切に箱にしまい、電気を消して布団に潜る。

穏やかな時間を過ごしたおかげか、先ほどに比べればずいぶん落ち着いている。

「おやすみ」

「おやすみなさい」

これなら意識せずに寝られるだろう。

そう思ったんだが……そんなことはなかった。

一人用の布団に二人で入っているから距離は近く、というよりもほぼ密着。

暗闇(くらやみ)で視覚が失われている分、聴覚や嗅覚(きゅうかく)が鋭くなっているんだろう。葵さんの寝息が聞こえ、少し動くだけで布団の中から温泉の匂いと葵さんの香りが混ざって漂ってくる。

そのせいで必死に落ち着かせた純情な煩悩が再び湧き上がるのを抑えられない。

身動きできずに固まり続け、どれくらい時間が過ぎただろうか。

「んん……」

「――――!?」

葵さんは甘い寝息を漏らしながら寝返りをうち、俺の腕にしがみついてきた。

思わず変な声が出そうになったがぎりぎり堪え、葵さんの様子を窺おうと視線を向けると、カーテンの隙間から差し込む月明かりに照らされた葵さんの寝顔がすぐ近く。

身動ぎ一つでキスできてしまいそうな距離に葵さんの唇があった。

「……」

寝てる……よな?

一瞬理性が揺さぶられ、頭の中で煩悩という名の悪魔が囁く。

『この状況ならキスしたことがバレても事故で言い訳がたつし、そもそもこの状況は色々OKってことだろ? 逆に手を出さない方が失礼だと思わないか?』

確かに悪魔の言う通りだが、それでも俺の中の理性という名の天使が説得する。

『この状況で葵さんが熟睡しているのは信頼の表れ。たとえバレなかったとしても一時の下心に惑わされて好き放題したら、二度と葵さんの顔をまともに見られなくなるでしょう』

それでいいのですかと。

「………」

深く大きく息を吸い、音を立てないようにゆっくりと吐く。

一時の下心で葵さんを悲しませるわけにはいかないよな。

「……おやすみ」

俺は葵さんの肩までしっかりと布団を掛け直してから瞳を閉じる。

この判断が正しいのか間違っているのかはわからないが、俺の脳内で繰り広げられていた天使と悪魔のハルマゲドンこと仁義なき煩悩バトルは、僅差で天使が勝利を収めたのだった。

次も天使が勝つ保証は全くないけどな。

第五話　卒業旅行三日目

翌朝──。

「ん……もう朝か………」

カーテンの隙間(すきま)から差し込む朝日の眩(まぶ)しさに目が覚めた。

起きた直後のまどろみの中、枕元(まくらもと)にあるスマホを手に取って確認すると朝の六時。

朝食の時間まで余裕があるし、ちゃんとアラームもセットしてあるから寝過ごすこともない。

もう一眠りしようと思い、寝返りを打った瞬間だった。

「なっ──!?」

目に飛び込んできた光景に眠気が吹き飛ぶ。

思わず声を上げそうになり慌てて口を押さえて我慢した。

なぜなら俺(おれ)の目の前には気持ちよさそうに寝息を立てる葵(あおい)さんの姿があったから。

浴衣がはだけ豊かな双丘が露(あら)わになっていて、ぎりぎり見えちゃいけない部分は隠れているものの、昨日よりも間近で見る白く柔らかそうな肌を目に頭と下半身に血が上る。

下半身に血が上るって変な表現だが、男子諸君には理解してもらえるはず。

もう少しわかりやすく例えるならば、朝の生理現象が三割増しといったところ。

なんで朝からこんなご褒美——いやハプニングが？

そう思った直後、昨夜のことを思い出した。

昨日の夜は四人でコスプレをしながらクリスマスパーティーを開催。

葵さんの生足へそ出しミニスカサンタ姿を見て『おへそも意外と悪くない』という自分の中の新たな可能性に気づきつつ、俺の性癖に新たな一ページを刻み込んだ後のこと。

寝落ちした泉を瑛士が女子の部屋へ運んだまま帰ってこなかった。

結果、やむをえず葵さんと一緒に男子の部屋で寝ることになったんだが……まさか二日連続でハプニングが起きるなんて、これはもう煩悩の神様からのご褒美に違いない。

この半年ちょっと色々頑張ってきたもんな……。

そういうことなら遠慮なく堪能させてもらおうじゃないか。

改めて視線が深い谷間に吸い込まれそうになった時だった。

「……ん？」

寝ているはずの葵さんの顔が妙に赤くなっていることに気づく。

それだけじゃなく、我慢するように唇をへの字にしてぷるぷる震わせていた。

「葵さん……もしかして起きてる？」

小声でそう声を掛けると、葵さんは驚いたようにびくりと肩を揺らす。

するとと申し訳なさそうにしながらゆっくりと目を開いた。

「寝たふりをしてごめんね……その、晃君がすごく嬉しそうというか、見たことないくらい幸せそうな顔をしてたから、もうちょっと寝てた方がいいのかなと思って……」

葵さんはオブラート十枚重ねくらいで言ってくれているが、端的にいえば鼻の下が伸びていたということだろう……まさか葵さんが起きていて全部バレていたなんて。

自覚しかないから言い訳できない。

「俺の方こそごめん……」

「ううん。男の子だし、そういうものだって泉さんも言ってたから……」

泉が具体的になにを言っていたのかはともかく、こうして谷間に目を奪われていたのがバレたにも拘わらず、葵さんが発情期の男子に理解を示してくれるのは泉のおかげ。

昨晩は泉が寝落ちしたせいでと思っていたが、よくよく考えれば葵さんと一緒の布団で寝られたのも、二日連続で眼福よろしく谷間を堪能できたのも全部泉のおかげじゃないか。

心からの感謝を込めて、朝食のデザートをプレゼントしてあげたい。

「晃君……もういい？」

葵さんはもう我慢できないと言わんばかり。

恥ずかしさのあまり瞳に涙を浮かべる。

「だ、大丈夫！　ありがとう！」

葵さんはそそくさとはだけた胸元(むなもと)を整えた。

自分のせいだが、どうするんだよこの空気……。

「えっと……俺は二人を起こしてくるから、葵さんは準備して待ってて」

「うん。ありがとう」

俺は布団から飛び起きて部屋を後にする。

煩悩の神様にお礼を言いながら二人を起こしにいった。


その後、みんなで朝食を食べていたんだが……。

「ねぇ、ちょっと聞いてもいい？」

泉はお箸(はし)とお椀を手に、俺と葵さんへ交互に視線を向けてくる。

「どうかしたか？」

「なんで晃君と葵さん、さっきからずっとよそよそしいの？」

「うぐ……」

思わず喉(のど)の奥から変な音が鳴ってしまった。

理由なんて火を見るよりも明らかだが、それを話すわけにもいかない。

「「……………」」

返す言葉が見つからず、葵さんと二人箸をとめて俯いていると。

「はは～ん。なるほど～♪」

そんな俺たちの様子を見て、泉はなにかを察した様子で声を上げるが言わせて欲しい。

おまえが想像しているようなことは一切起きていないし、おまえが妄想しているようなことに比べたら些細も些細、可愛いもんだと思う……ちょっと残念だけど。

とはいえ否定もできないのが複雑なところ。

「その辺りはそっとしておくとして、葵さん、そのネックレスすごく似合ってるね♪」

え――？

葵さんに視線を向けると、胸元には昨晩あげた紫陽花のネックレス。

俺が二人を起こしに行っている間に着けたんだろう。

「プレゼントしてもらったものだから、なるべく着けていたくて」

「うんうん。そうだよね♪」

なんて言いながら泉は俺にジト目を向けてくる。

「それに比べて晃君は……まったく」

「う、うぐぅ……」

またまた喉の奥から変な音が漏れる。

「晃君は女の子にプレゼントをあげたことも、女の子からプレゼントを貰ったことも、女の子とお揃いのものを買ったこともないから仕方ないけど、そういうとこだぞ？」

　ごもっともすぎて言い返せない。

「晃君、私が好きで着けてるだけだから気にしないで」

「泉の言う通りだと思う。せっかくお揃いなんだし、俺も一緒に着けたいからさ」

　部屋に戻ったらすぐに着けよう。

「うん……ありがとう」

　そんな俺たちのやりとりを、泉は満足そうに頷きながら眺めていた。

　泉は茶化しながら言ったが、とても大切なことを指摘してもらった気がする。

　女性とお付き合いしたことがない男には気づきにくいことだからありがたい。

　特に男はアクセサリーとか無頓着だったりするからな。

「泉、これをやるよ」

　多くは語らず感謝を込めてデザートを渡す。

「え？　いいの？　ありがとう！」

　泉のおかげで二日続けて素敵なことがあったし、ネックレスをお揃いにできたのも泉のおかげだし、デザートの自家製ヨーグルトじゃ割に合わないかもしれないが感謝の気持ち。

　嬉しそうに自家製ヨーグルトをもぐもぐしている泉を横目に思う。

　残された時間はなるべくネックレスを着けて過ごそう。

部屋に戻ると真っ先にネックレスを着けたのだった。

＊

長いようで短かった二泊三日の卒業旅行の最終日。

俺たちはチェックアウトを済ませ、仲居さんにお礼を言って旅館を後にした。

昨日葵さんと一緒に足を運んだ足湯施設でおやつ代わりに温泉たまごを買ってからバスターミナルへ向かい、最寄り駅へ向かうバスへ乗り込んだのは十一時過ぎ。

まもなくバスは動き出し、この卒業旅行も終わりに向かい動き出す。

終わりを意識すると、急に寂しさを感じてしまった。

何事にも終わりがあるのは当然だが、残された時間が刻一刻と過ぎていくこの焦燥感。もしかしたら転校が迫るにつれて、今と似たような気持ちになるのかもしれない。

「「「…………」」」

旅の終わりに思うところがあるのは俺だけじゃないらしい。

葵さんも瑛士も複雑な心境を表すように口数少なく窓の外を眺めていた。

「まぁあれだ……家に帰るまでが旅行って言うし、元気出していこうぜ」

せっかく俺のために計画してくれた卒業旅行。

俺が言うのもなんだが、少しでも空気を明るくしようと思ったんだが。

「晃君、それを言うなら帰るまでが遠足でしょ？」

泉にからかうような口調で突っ込まれた。

別に間違えたわけじゃないんだが、泉だけがいつもと変わらずハイテンション。

毎度思うが、こういう時の泉の明るさには救われるよな。

なんて思っていると。

「さて、それじゃ本日の目的地へレッツゴー！」

「「「本日の目的地？」」」

なんのことやら、泉は寝耳に水なことを言い放つ。

思わず三人で声を揃えて聞き返してしまった。

「今日は帰るだけじゃないのか？」

「え？　そんなわけないじゃん？」

泉は首を傾（かし）げて頭に疑問符を浮かべる。

いや……疑問符を浮かべたいのは俺たちの方なんだが。

すると泉は思い出したように手を打った。

「もしかしてわたし、今日の予定話してなかった？」

「「「…………」」」

その言葉に俺たちはようやく状況を察した。

全く……そんなことだろうと思ったよ。

「予定が決まっているなんて初耳なんだが」

「えっとぉ……」

つまり泉は俺たちに伝えるのをすっかり忘れていたらしい。

小言の一つも言ってやろうと思ったが、この手のことは初めてじゃない。

ぶっちゃけ挙げたらきりがないほどいつものことで、泉にとっては平常運転。

思わず学園祭の時、ミーティング当日まで実行委員を決め忘れていたことを思い出す。

あの時は事前に葵さんと瑛士は知らされていて俺だけが知らなかったんだが、どうやら今回は葵さんや瑛士のリアクションを見る限り二人も知らされていなかったらしい……。

余計に酷いじゃねぇか！

「どこかに寄って帰るのか？」

「うん。最終日が帰るだけなんてもったいないでしょ？」

「それはそうだけど、あまり帰りが遅くなるのもあれだろ」

「今は冬休みだし、明日予定があるわけでもないし、帰りが遅くなっても夜中になっても困る人なんていないでしょ？　せっかくの卒業旅行なんだから最後まで目いっぱい遊ぼう！」

泉はバスの中なのを忘れて元気いっぱいに声を上げた。

幸いまだ他の乗客がいないからいいとして、確かに泉の言う通りだな。

「それで、どこに行く予定なんだ？」

すると泉はスマホのグループメッセージにＵＲＬを送ってきた。

リンク先のページを開くと、表示されたのはとある農園のホームページ。

トップページには美味しそうないちごの画像が表示されていた。

「見ての通り、いちご狩りに行こうと思ってるの♪」

「いちご狩り⁉」

今度はバスの中に葵さんの声が響く。

俺の隣に座っていた葵さんが真っ先に食いついた。

「ここの農園で先週からいちご狩りが始まったの。一時間食べ放題で、お土産にパック詰めしたいちごも貰えて、他にもいちごを使ったお菓子とかジャムも売ってるんだって！」

いちご狩りの魅力を嬉々として語る泉と、話に耳を傾ける葵さん。

先ほどまで無言でしょんぼりしていたのが嘘みたいにいちご談義に花を咲かせる。

泉が予定を伝え忘れていたのはいつものこと。

それよりも重かった空気を払ってくれたことに感謝したい。

そうこうしているうちにお客さんが次々とバスに乗り込んできて数分後にバスは出発。

こうして俺たちは冬の人気イベント、いちご狩りに向かった。

＊

山奥の温泉街を出発してから一時間半後――。

最寄り駅まで戻ってきた俺たちは、別の路線のバスに乗り換え田舎道(いなかみち)を揺られること三十分。

下車したバス停からさらに十五分ほど歩き、目的地のいちご農園に到着。

辺り一面畑に囲まれた場所に、たくさんのビニールハウスが並んでいた。

「ここか……」

ビニールハウスへ向かう人の列や、ビニールハウス内で動いている人の影。

その周りには『いちご狩り開催中！』と書かれたのぼりがいくつも掲げられているのを見る限り、どうやらビニールハウスの中でいちご狩りが行われているらしい。

「楽しみだね」

「そうだな」

葵さんはわくわくしすぎて待ちきれない様子。

バスに乗っていた時からテンションが高い。

「まずは受付を済ませようか」

「ああ。そうだな」

ビニールハウスの近くに一軒だけ建てられている趣のあるログハウス。

自家用車で来た人たちが入っていく姿を見る限り、あそこが受付だろう。

瑛士に続いて中へ足を運ぶと、入り口付近にあるお土産コーナーにはいちごを使った様々な商品が陳列されていて、その隣にはイートインコーナーもある。

奥にあるカウンターがいちご狩りの受付になっていた。

「俺と瑛士で受付を済ませてくるから、お土産でも見ながら待っててくれ」

「うん。よろしく♪」

二人がお土産に目を奪われている間、俺は瑛士と一緒に四人分の受付を済ませようと列に並び、カウンターの横にあるインフォメーションボードを眺めながら順番を待つ。

受付を終えると、別のスタッフさんに案内されて外にあるビニールハウスへ。

中に入ると、すでに二組のカップルがいちご狩りを楽しんでいた。

「ビニールハウスの中、こんなふうになってるんだね」

葵さんは辺りを見渡しながら驚いた様子で声を漏らす。

手前にテーブルと椅子が置いてあり、荷物置き場を兼ねた休憩スペースになっていて、その奥にはいちご畑が四列になって二十メートルくらい先まで続いている。

いちごの株からは数えきれないほどの赤く熟した実がなっていた。

そしてなにより驚いたのは、ビニールハウス内の気温。

「冬とは思えないくらい暖かいね」

そう言いながらコートを脱ぐ葵さんの言葉の通り、中は日が差してぽかぽか陽気。

外は上着をしっかり着込まないと寒いくらいだったが、ビニールハウス内は暖かいを通り越して暑いくらいで、とてもじゃないが上着なんて着ていられないほど。

おそらく二十度近くあるんじゃないだろうか？

荷物を置いて上着を脱ぐと、女性のスタッフさんがやってきて俺たちにいちご狩りのルールと注意事項を丁寧に説明してくれた。

・いちご狩りは時間制で一時間食べ放題。
・用意されている練乳とはちみつは好きなだけ使用可。
・俺たちが採っていいのは四列あるうち左から一列目と二列目。

なんでもお客さん同士で取り合いにならないよう一組一列を割り当てているらしく、他の列に美味しそうないちごを見かけても我慢して、自分の列から食べてくださいとのこと。

いちご狩りは初めてきたが、なるほどそういうシステムらしい。

こうして説明を受け、いよいよ食べ放題がスタート。

「僕と泉は二列目にするから二人は一列目にしなよ」

「ああ。そうする。じゃあ葵さん、さっそく準備を――」

しようと思い、声を掛けながら振り返ると。

「晃君、早く食べよう！」

葵さんは瞳を輝かせながら練乳とはちみつを両手に準備万端。

はちみつを俺に手渡すと、スカートの裾を揺らしながらてけてけと駆けていく。

実は葵さん、女性スタッフさんの説明を受けている時から練乳とはちみつを大切そうに握り締め、我慢できずにそわそわしながら上半身を揺らしていた。

きっと説明が終わるのすら待ちきれなかったんだろう。

そんな姿を微笑ましく思いながら葵さんの元へ向かうと、葵さんはかつて見たことがないくらい真剣な瞳でいちごとにらめっこをしていた。

葵さんの視線の先には赤く熟れたいちごが二つ並んでいる。

「晃君、どっちが美味しいと思う？」

葵さんは悩ましそうな表情を浮かべて尋ねてきた。

えっと……本気で悩んでいるところ水を差すようで申し訳ないんだけど。

「食べ放題だから両方食べたらいいんじゃない？」

「あ……そっか。そうだよね」

葵さんは恥ずかしそうに自分の髪を撫でて誤魔化す。

少しでも美味しいいちごを食べたいと思う気持ちが強すぎて、食べ放題なのを忘れて厳選しようと思ったんだろう。

ちょっぴり抜けているところも可愛らしい。

「じゃあ私、右のいちごにするから晃君は左のいちごをどうぞ」

「ありがとう。じゃあ、お言葉に甘えて……」

俺たちは一緒にいちごをもぎ取る。

手に取ってみると張りとツヤがすごく、日差しを受けて輝いているようにすら見えた。

最初の一つは本来の味を楽しもうということで、なにも付けずにいただくことに。

「「いただきます」」

同じタイミングでいちごを口に運ぶ。

「――!?」

嚙んだ瞬間、いちごの甘さが口の中に広がると同時に強い香りが鼻から抜けた。

油断すると口から零れそうになるほど溢れ出る果汁はいちごとは思えず、たまにスーパーで買って食べるいちごとは比べものにならないくらい甘くて瑞々しい。

採れたてはこんなに美味しいのか……。

「葵さん、どう――?」

葵さんも美味しさのあまり感動しているだろうと思って声を掛ける。

すると俺の隣で神様にでも祈るようにいちごを掲げて天を仰いでいた。

「私、このいちごを食べるために生まれてきたような気がする……」

さすがにそれは全力で気のせいだと思う。

学園祭以来、葵さんの食に懸ける想いが半端ない。

まぁいいことだし、それだけいちごが美味しいのは間違いない。

「今まで食べてきたいちごと違いすぎて驚いちゃった」

「なんでも採れたてが美味しいって聞くけど、まさに百聞は一見に如かずだよな」

いや、この場合『百聞は一食に如かず』って言うのか？

「どうしよう……私、今日は我慢できないかもしれない」

「いいんじゃない？　好きなだけ食べればいいさ」

「うん！」

さすがに泉みたいに食べすぎて倒れたりはしないだろう。

俺たちはヘタを捨てるゴミ袋と練乳&はちみつ片手に食べ続ける。

とはいえ、さすがに二十～三十個も食べればお腹いっぱい。

時間はまだたっぷりあるが少し休憩をしようとした時だった。

「晃君――！」

不意に葵さんが助けを求めるような声を上げた。

「どうかした⁉」

なにかあったのかと思い慌てて葵さんに目を向ける。

すると葵さんは、いちごに手を伸ばしたまま固まっていた。

「葵さん……？」

「手に……ハチ……」

「ハチ？」

声を震わせ身動き一つしない葵さんに近づいて注視する。

すると葵さんの手の甲に一匹のミツバチがとまっていた。

そうか、インフォメーションボードに書いてあったのはこのことか。

「葵さん、大丈夫だから騒いだり払ったりしないで」

「でも……」

「飛び疲れて葵さんの手で休ませてもらってるだけだから」

「お休みしてるの？」

すると葵さんは不思議そうに首を傾げた。

「この子はビニールハウス内で飼われているミツバチなんだ」

葵さんは顔を上げて辺りを見渡す。

目を凝らしてよく見てみると、ビニールハウスの中をところ狭しと飛び回っているミツバチや、いちごの花から蜜や花粉を集めようと働いているミツバチの姿が目に留まった。

「どうしてビニールハウス内でミツバチを飼ってるの？」

先ほどまで怖がっていたのが嘘みたいに興味深そうに尋ねてくる。

「いちごに限らず花や果物は、虫が蜜を採取する時に花粉を運ぶことで受粉するんだけど、ビニールハウス内で栽培すると虫がいないから受粉ができないんだ。代わりに人間がやるとなると大変だから、こうしてミツバチを飼って受粉を手伝ってもらってるんだってさ」

もちろん全（すべ）てのいちご農家がそうしているわけじゃない。

中には大変でも手作業で受粉させているところもあるらしい。

「晃君、詳しいんだね」

「受付の隣にあったインフォメーションボードに書いてあったんだよ」

改めてビニールハウス内を見渡すと、ミツバチの巣と思われる重箱がいくつかあり、そこから無数のミツバチが忙しそうに出入りしている姿があった。

「ミツバチは大人しい性格らしいし、こういうところで飼われているから人にも慣れていて、よほどいじわるをしなければ刺したりしない。よく見ると案外可愛いもんだよ」

すると葵さんは手にとまっているミツバチをじっと見つめる。

「そっか……この子たちが頑張って働いてくれてるおかげで、私たちは美味しいいちごが食べられるんだね。それなら少しくらいゆっくりさせてあげないと」

　葵さんは優しい眼差しをミツバチに向ける。

「でも……少しだけ可哀想だな」

「可哀想？」

「本当は自然の中で伸び伸び過ごせる子たちを、ビニールハウスの中に閉じ込めてお仕事してもらってるんだもんね」

　葵さんはわずかに表情を曇らせてそう言った。

「確かにそうかもな……」

　なんとも優しい葵さんらしい考え方だと思った。

　いちご栽培のためとはいえ、葵さんが言うことも事実。

「でも葵さん、こういう考え方はできないかな」

　俺は葵さんの隣にしゃがみ、一緒にミツバチを見つめながら続ける。

「ミツバチは外敵が多くて、中には襲われて全滅する群れもあるらしい。確かに自然の中ほど自由とは言えないけど、人が環境を整えてくれているから外敵の心配はないし、花の蜜や花粉は取り放題、安心して子育てもできる。人間で例えるなら高級マンションみたいなもので、家賃代わりに受粉のお手伝いをしてもらってるってさ」

　例えるならば、はちみつを集めるミツバチと、ミツバチと一緒にいちごを作る農家と、お金を払っていちご狩りを楽しむお客さんの、言葉の通り『甘い関係』と言っていい。

説明を終えると、葵さんは納得した様子で表情を明るくした。

「そっか……そういう考え方もできるよね」

なんて、今言ったこともインフォメーションボードに書いてあったことの受け売り。

葵さんは安堵に満ちた笑みを浮かべるとスマホを取り出してミツバチに向ける。

「これも思い出」

カメラのボタンを押した直後、ミツバチは飛び立っていってしまった。

葵さんは少しだけ残念そうに、その姿が見えなくなるまで目で追っていた。

「俺は少し休憩するけど、葵さんは気にせず楽しんでよ」

「うん。ゆっくりしてね」

葵さんに一言入れて、俺は休憩スペースに戻って椅子に腰を掛ける。

バッグからお茶を取り出して喉を潤し、葵さんや泉と瑛士がいちご狩りを堪能している姿を遠目に眺めながら休んでいると、少しして瑛士も休憩スペースにやってきた。

「さすがに食べ過ぎたか？」

「美味しいからついね」

「あとは二人が満足するまでのんびりしようぜ」

「そうだね」

時間は半分以上残っているが、さすがに一時間が経つ前に戻ってくるだろう。

そう思っていたんだが……俺たちの予想に反し、いつまで経っても戻ってこない二人。

それどころか、残り時間が少なくなるにつれて二人の食べるペースが加速しているように見えるのは気のせいだろうか？

いや、明らかに最初よりハイペースになっている。

タイムリミットが先か、お腹がいっぱいになるのが先か、時間と胃袋の仁義なき戦い。甘いものに懸ける乙女の無限の食欲を見せつけられているかのようなデッドヒート。

こうして二人の手はとまることなく六十分が経過——。

時間は女子の胃袋に敗北したのだった。

*

その後、俺たちはお土産コーナーで色々買って帰路についた。

「一年分のいちごを食べた気分だけど、もう少し食べたかったな～♪」

「うん。でもお土産に一パックもらえたし、これで我慢しようね」

「「………」」

思わず苦笑いを浮かべてしまう俺と瑛士。

駅まで向かうバスの中、二人で物足りなそうにしているのが恐ろしい。

もぐ
もぐッ
もぐッ
もぐ

というのも、食べ放題が終わった後にみんながいくつ食べたのか、ゴミ袋に入れておいたヘタの数を数えたんだが……なんと、葵さんが百三個で泉が百十七個も食べていたから。

ちなみに俺は二十六個で瑛士は三十二個。

スタッフのお姉さん曰く、俺と瑛士が大人の平均個数らしい。

つまり女子二人は平均の四倍食べたのに物足りなそうにしているということ。

泉はともかく、ここにきて葵さんも大食い疑惑が浮上する。

いや、前に葵さんが夜な夜な和菓子を一人で全部食べた事件があったから、薄々気づいてはいたが……まぁ、俺たちはみんな成長期、食べ盛りのお年頃ということにしておこう。

改めて、女子の言う別腹の意味を思い知らされる。

そうこうしているうちにバスは駅に到着。

電車に乗り換えた頃には日は傾き、車窓から覗く田舎の景色はオレンジ色に染まっていた。

泉と瑛士は遊び疲れたからか、電車の揺れの心地よさからか、もしくはその両方か——気が付けば背もたれに深く寄り掛かって静かに寝息を立てていた。

ふと一学期、テストの打ち上げで日帰りの温泉施設に行った帰りを思い出す。

あの時もみんなが寝静まる中、俺は一人、窓から沈む夕日と田園風景を眺めていた。

ただ、あの時と違うことがあるとすれば二つ。

――一つは、あの時のように別れを悲観しすぎていないこと。

――もう一つは、俺だけではなく葵さんも起きていること。


葵さんは以前のように眠ることなく、俺と同じように窓の外を眺めていた。

「綺麗(きれい)な夕日だな……」

「うん……」

西日に照らされる葵さんの横顔は、美しくもどこか儚(はかな)く見えた。

それは沈みかけの太陽のせいでもなく、頬(ほお)がオレンジ色に染まっているせいでもない。

ましてや気のせいでもなく、葵さんはいちご農園を後にした辺りから、その表情に明らかな憂いの色を浮かべていた。

その証拠に帰りのバスに乗った辺りから徐々に口数が減っていた。

「卒業旅行、終わっちゃうんだね……」

葵さんは小さな声でぽつりと漏らす。

「二泊三日なんてあっという間だよな」

「うん……もっと旅行していたかったな」

葵さんは膝(ひざ)の上に置いている手を握り締める。

「また行けばいいよ」

「……また行けるかな?」

「もちろん。これで最後ってわけじゃないさ」

葵さんは窓の外に向けていた視線を膝に落とす。

少しすると、穏やかな笑みを浮かべながら顔を上げた。

「そうだよね。またみんなで行こうね」

「ああ。約束だ」

その笑顔を見て、俺は安堵に胸を撫でおろす。

だけどこの時の俺は——。
葵さんの笑顔の意味をはき違えていることに気づいていなかった。

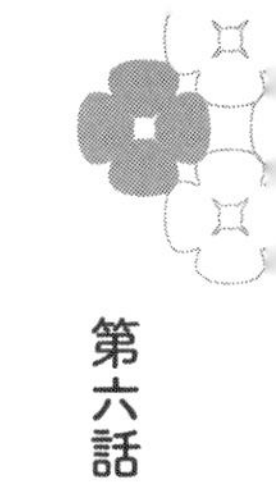

第六話　あの日、神様に願ったことは

「晃君、洗面所とお風呂のお掃除終わったよ」

「ありがとう。キッチンもあと少しで終わるよ」

卒業旅行が終わった翌週、三十日の午後——。

俺たちは朝から手分けして年末の恒例行事、大掃除をしていた。

今日は日和が年末年始を一緒に過ごすために帰ってくるから早めに終わらせたい。

というのも、日和の性格上、大掃除が終わっていなければ絶対に手伝おうとする。

遠路はるばる来てくれるのに掃除が終わらず手伝ってもらうなんてことは避けたい。

実は昨日から大掃除を始めていて、本当は昨日のうちに終わっている予定だったんだが、いざ始めてみると一日ではとても終わらず計画を見誤った感じが否めない。

そんなこんなで大掃除は二日目に突入して今に至る。

「あとはリビングだけだし、日和ちゃんが帰ってくるまでには終わりそうだね」

葵さんは胸の前で小さくガッツポーズをしてやる気満々。

そんな可愛らしい姿を見ると心の底から安心する。

というのも卒業旅行中、葵さんは何度か情緒不安定な一面を見せたことがあった。

でも旅行を終えて帰ってきてからは、そんな姿が嘘だったかのようにいつも通りで、むしろ旅行に行く前よりも元気に見える。

やはり俺の中に残る葵さんへの庇護欲や、もしくは、気持ちの整理が付いているとはいえ転校を控える俺の心境が、葵さんを元気なさそうに見せていたのかもしれない。

案外、情緒が不安定なのは俺の方なのかもしれない。

「そうだな。あと少し頑張ろう」

「うん！」

大掃除もラストスパート、葵さんと二人でリビングの掃除に取り掛かる。

その後、手分けして掃除を進めること一時間――。

家中の掃除が終わった直後、タイミングを計ったようにインターホンが鳴り響いた。

「来たみたいだね」

「出迎えに行ってくるよ」

「うん。私は片付けをしておくね」

「ありがとう」

お言葉に甘えて葵さんに掃除道具の片付けを頼み、俺は玄関へ向かう。

そうしている間も追い打ちをかけるようにインターホンが鳴り響き、知らない人だったら嫌がらせのピンポン連打かと思うくらいに早く出迎えろと催促されまくる。

毎度のことすぎて笑いそうになりながらドアを開けると。

「遅い」

そこには両手に荷物を持ちながら無表情で不満を漏らす俺の妹、日和の姿があった。

いつも通りの日和に妙な安心感を覚えるのは、かれこれ何度目だろうか。

「おかえり。ずいぶん大荷物だな」

「お母さんからおせちの詰め合わせ。みんなで食べなさいって」

日和が差し出した荷物を両手で受け取る。

「ありがとう。あとで母さんにもお礼を言っておかないとな」

「そうしてあげて。最近、晃から連絡がないって寂しそうにしてたから」

「あー……確かに、言われてみれば全然してないな」

二学期は中間テストに学園祭、その後に期末テストとイベント盛りだくさんだったこともあり、すっかり連絡するのを忘れていた……なんて言ったら言い訳なんだが。

母さんは葵さんの事情を知る数少ない大人の一人。

日和が母さんに葵さんのことを都度報告してくれているとはいえ、一度どこかのタイミングで俺の口から転校後の葵さんの事情について説明しておきたいと思っていた。

「年始の挨拶がてら連絡しておくよ」

「そうしてあげて。それで、葵さんは?」

「さっきまで二人で大掃除してたんだ。リビングで片付けをしてくれてる」

日和は心なしか速足で廊下を抜けてリビングへ。

「葵さん、ただいま」

「おかえり日和ちゃん!」

すると葵さんは満面の笑みで日和を出迎える。

片付けの手をとめ、ぱたぱたと日和の元へ駆け寄った。

「一ヶ月半ぶりだね。元気にしてた?」

「うん。葵さんはすごく元気そうで少し驚いた」

「そう? 日和ちゃんと会えるのを楽しみにしてたからかな」

日和も俺と同じように、いつも以上に葵さんが元気そうに見えた様子。

葵さんは少し照れくさそうにはにかんでみせる。

やはり葵さんが元気なのは俺の気のせいではなかったらしい。


その夜、俺たちは夕食とお風呂を早めに済ませ、年の瀬をのんびり過ごしていた。

学園祭の思い出話をしたり、卒業旅行のお土産話をしたり、日和に買ってきたお土産の塩羊羹を一緒に食べたり、今年の出来事をおさらいするように思い出を振り返る。

年末のなんとも言葉にし難い高揚感のせいもあってか会話が弾む。

葵さんも日和も普段からそんなに口数が多い方ではないのに、今は会話が途切れることなく話し続けていて、俺はそんな二人の話を邪魔しないように傍で聞いていた。

そうして気が付けば時計の針は二十一時を回り、俺たちは少し早いが寝ることにした。

まだ起きていたい気持ちはあるが、明日は瑛士と泉が夕方にうちにくることになっていて、夜は年が明けたら地元の神社に初詣に行く予定。

今日夜更かしをすると明日眠くて大変だろうから。

「とはいえ、さすがに早すぎて寝れないよな……」

ベッドに横になり、眠くなるまで旅行の写真を眺めながら思い出を振り返る。

雪まつりの氷の彫刻や、足湯に浸かりながら葵さんと一緒に撮った一枚、ネックレスをプレゼントし合った後に一緒に撮った写真や、生足へそ出しミニスカサンタのお宝画像。

その他にも葵さんがシェアしてくれた写真は百枚近くもある。

遡れば学園祭の写真やプールに行った時の水着の写真なども。

「なんだかんだ、思い出を積み重ねてきたんだよな……」

なんて、感慨深く思っていた時だった。

「晃、起きてる？」

ドアの向こうから日和の声が聞こえた。

「ああ。起きてるよ」

ベッドから起き上がりながら言葉を返す。

すると日和はドアを開けて中へ入ってきた。

「早すぎて眠れないか？」

「うん。それもあるけど、晃に聞きたいことがあって」

「聞きたいこと？」

日和はこくりと頷くと俺のベッドに腰を掛ける。

直後、思いもよらない一言を口にした。

「葵さん、なにかあった？」

「え――？」

心臓がドキリと跳ねて息がとまった。

「……なにかって、どうしてそう思うんだ？」

「前に会った時とは人が変わったみたいに明るいから」

日和は帰ってきた直後にも同じようなことを口にしていた。

そしてそれは、俺が最近の葵さんから受けていた印象と同じ。

毎日顔を合わせている俺ですらそう思うんだから、久しぶりに会った日和にしてみればなおのこと明らかだろう。それを抜きにしても日和は人の変化に気づきやすいタイプ。

改めて、俺の中でわずかに引っかかっていた懸念を思い出す。

「私は二人を傍で見てきたわけじゃないから、なにがあったかはわからない。でも葵さんの様子を見て、どこか無理に明るく振る舞っているような……そんな危うさを感じた」

危うさ――。

その一言に、懸念が間違いじゃないと突き付けられたような気がした。

「心当たりがあるみたいだね」

「ああ……日和と似たような印象は受けていたよ」

「晃が気づいてるならよかった。詳しい事情を知らない私が掛けてあげられる言葉は少ないけれど、人が感情を過剰に表現している時は、得てして内心は真逆なことが多いと思う」

「真逆……か」

つまり葵さんが無理に明るく振る舞おうとしているのは、悲しみの裏返し。

そう納得してしまったのは、心当たりなんていくらでもあったから。

ただ俺が、そうであって欲しくないと思っていただけ。

「ちゃんと葵さんと向き合ってあげて欲しい」

日和に背中を押されて改めて思う。

俺が葵さんとの関係を進めたいと望むなら、それは避けて通れないこと。

「日和、ありがとうな」

日和は小さく首を横に振る。

「一緒にいられる時間は残り三ヶ月もない。頑張って」

「ああ……」

日和は最後にそう言い残して部屋を出ていった。

日和はきっと、俺以上に葵さんの気持ちを察しているはず。

俺よりも察しがいいのはもちろん、同性として思うところがあるのかもしれない。

それでもあえて多くを語らずに部屋へ戻ったのは、これは俺と葵さんの問題だとわかってくれているからであり、俺が自分で解決しなければ意味がないとわかっているからだろう。

答えを示さなかったのも、俺が自分で気づかないといけないことだから。

日和のアドバイスや指摘には、いつだって理由があった。

安易に手を差し伸べなかったのは信頼の表れだろう。

いつか日和が『私はこれからも、葵さんと仲良くしたい』と言っていたのを思い出す。

滅多に本心を口にしない日和が漏らした言葉。

そんな機会はいくらでも作ってやると言った約束は今も忘れてはいないし、そのためには葵さんの抱えている想いと向き合い、以前のような自然体の葵さんに戻って欲しい。

日和のためだけではなく、俺や葵さん自身のためにも。

そのために残された時間はわずか。

「あと三ヶ月もないのか……」

わかってはいたことだが、誰かに言われると嫌でも実感させられる。

しかもそれが、先に転校を経験している日和の言葉なんだからなおさらだろう。

ベッドに横になり、状況を整理しながら葵さんの言葉を思い返す。


——私は晃君さえ傍にいてくれればいい。

——もう会えなかったら、どうしようって。


葵さんがこれまで口にしてきた言葉を整理してみれば明らかだ。

別れを惜しむ言葉の数々から、葵さんが心を苛まれている原因は想像に難くない。

自惚れと取られるかもしれないが、葵さんはこの生活の終わり——つまり、俺との別れを悲観しているんだろう。

そう思うのは他でもない、俺自身が同じ気持ちでいるからだ。

俺にできることは、葵さんのためにたくさんの思い出を作ってあげることだと思う。

これまでもそうしてきたように思い出を作り、形と記憶を残し、離れ離れになって寂しさを覚えた時に振り返り、心を穏やかにすることができるような思い出の数々を。

それが残された時間で彼女のためにできることだと、改めて思った。

*

翌日、今年最後の日――。

瑛士と泉がうちに来て、久しぶりに五人が揃った夕方。

「さあ、始めよっか！」

泉は持参した大きな手提げ袋をキッチンに置きながら声を上げた。

毎度口よりも先に手が動くのは泉の長所だが、さすがに説明を求めたい。

「年の瀬も変わらず元気いっぱいなのはいいことだが、なにを始めるんだ？」

「年末にどこの家でもすることと言えば？」

逆に質問で返されてしまった。

まぁキッチンを使おうとしている時点で想像はつくんだが。

「そんなわけで、今からみんなで年越しそばを打ちます！」

「打つ⁉」

想像通りと思いきや想像の斜め上。

思いもよらない一言に思わず突っ込んだ。

「打つって、そば粉から打つつもりか？」

「もっちろん♪」

泉はいつものように親指を突き出してしたり顔を浮かべる。

「本当はおせちを作ろうと思ったんだけど、日和ちゃんからお母さんが作ってくれるって聞いてたから、だったら年越しそばかなって。市販のそばを茹でるだけなのも味気ないし、せっかくだからそばを粉から打った方が思い出にも残ると思って」

確かに思い出には強烈に残るだろう。

そう思うと、これも葵さんとの大切な思い出の一つになる。

「そば粉の用意はどうするんだ？　まさかそばの実からひくとか言わないよな？」

「さすがに粉はひいたものを用意してあるから安心して。わたしのおばあちゃんのお友達がおそば屋さんをやっててね、そこのご主人にお願いしてそば粉を分けてもらったの。お願いしたら道具も快く貸してくれたんだ！」

泉は手提げ袋の中からそば打ちに使う道具を取り出してみせる。

大きなボウルや麺を伸ばすための棒、粉をふるうための目の細かなこし器など。

やたら大きな袋だから中身が気になっていたが、そういうことか。

「材料と道具が揃ってるのはいいとして、打ち方は知ってるのか？」

「昨日ね、試しにうちの家族が食べる分を打ってみたの。お店で出すような見た目にはならなかったけど、食べる分には問題ないくらいにはできたかな」

「素人(しろうと)が打つんだから見た目が悪いくらい成功みたいなものだろ」

「泉に打ち方を聞いて、わからないところは動画サイトで調べればいいよ」

瑛士はスマホでそば打ちの動画を再生してみせる。

確かに、お手本なら探せばいくらでもありそうだ。

「じゃあ役割分担を決めたら始めよう！」

そんなこんなで年越しそば作りがスタート。

そばを打つのは意外と力仕事ということもあって俺と瑛士が担当することに。

俺には葵さん、瑛士には泉がサポートについて人数分のそばを打ち、日和にはそばつゆ作りをしてもらうことにした。

日和はお菓子作りは得意だが、少々とか適量とか微妙な表現のある料理は苦手。

任せて大丈夫かと心配したが、泉がおばあちゃんから教えてもらったレシピを細かく記したメモを用意していたこともあり、日和はなんとかなりそうだと言って取り掛かる。

さすが泉、日和と仲が良いだけあってよくわかっている。

日和や瑛士たちが作業に取り掛かるのを見届けながら。

「俺たちも始めようか」

「うん。頑張ろうね」

俺と葵さんもダイニングのテーブルを使って作業開始。

以下、泉がそば屋のご主人から聞いた作り方。

まずはそば粉とつなぎに使う小麦粉を八対二の割合で量る。

俺と葵さんと日和の三人分だと、そば粉二百グラムに対して小麦粉五十グラム、水は百十グラムが目安らしい。

そば粉と小麦粉をこし器でふるい、ボウルの中で均一になるように混ぜ、用意しておいた水を三分の二ほど入れながら手で混ぜ合わせ、粉全体に水を行き渡らせる。

こうすると水の力でそば粉をしっかりと繋ぐことができるらしい……が。


「なんか、失敗しそうで緊張するな……」

水を入れたら取り返しがつかないと思うと手がとまる。

メモとそば打ち動画を横目に見様見真似で進めているが不安しかない。

「失敗したらもう一度やってみよ」

心配する俺とは対照的に、葵さんは笑顔を浮かべてポジティブに口にする。

「泉さんがそば粉を多めに持ってきてくれたから大丈夫」

「そうだな」

葵さんに背中を押され、気を取り直して作業を再開。

葵さんに水を注いでもらい、俺は指先で素早く水を粉全体に回していく。

この時に大切なのは粉をこねたりせず、ムラができないよう手早く混ぜることらしい。

しばらく混ぜ続け、粉が小さな粒状になったら残りの水を入れてさらに混ぜ、粒が大きくなってきたら一つの塊に纏め、このタイミングでようやくこね始める。

あとはひたすらこね続け、艶が出てきたら生地作りは完了。

「一応、それっぽくはできたかな?」

「うんうん。いい感じにできてると思う」

次はそば作りでよく見る麺棒を使って延ばす工程だが、これが一番難しそう。

生地がくっつかないように打ち粉を振ってから延ばし始めるが思うように延びてくれない。

動画では丸く延ばした後、四隅を上手いこと広げて四角にしているんだが、なにをどうやっても四角になんてなってくれない。

悪戦苦闘しながらもなんとか形にし、見様見真似で生地を折り重ねる。

最後、包丁で一ミリ少々の等間隔に切って完成したんだが。

「「…………」」

出来上がったそばを前に、俺も葵さんも複雑だった。

というのも、あまりにも出来栄えが微妙だったから。

色合いはいいし、分量を正確に量ったから一応はそばらしくなっている。

ただ、太さがあまりにもバラバラすぎて、食べる前から食感が悪そうなのが見て取れる。

なにがいけなかったのかは明らかで、生地を延ばす工程の際に厚みを均一にできなかったから。さらに言えば、切る時に幅が安定せずに等間隔に切れなかったから。

うどんとまでは言わないが、そばとは言えない太さをしている。

コシだけはすごく強そう。

「そっちはどう？」

どうしたものかと困っていると、泉がひょっこり覗（のぞ）いてきた。

隠すわけにもいかず、ありのままの惨状を見せてみる。

「うん。上手にできてるじゃん！」

「「え？」」

思わず葵さんと揃って疑問の声を上げてしまった。

「これはさすがに上手とは言えないだろ」

お世辞にしても無理がある。

「初めておそばを打ってこれなら上出来。すごく上手だと思うよ」

「そんなもんか……？」

「少なくとも昨日わたしが作ったやつよりは美味しそう」

思わず葵さんと顔を見合わせてほっと一息漏らす。

そう言ってもらえると一緒に頑張った甲斐がある。

「ちなみに泉が昨日作ったやつはどんな感じだったんだ？」

「家族から『おそばの色と味をしたきしめんだね』って言われた」

わかりやすい例えをありがとう。

それはそれでちょっと食べてみたいけどな。

「泉たちの方も終わったのか？」

「うん。ほとんど瑛士君一人でやってくれたんだけどね」

当然出来栄えが気になり、瑛士の打ったそばを見に行くと。

「「…………」」

先ほどとは真逆の意味で俺と葵さんは言葉を失くした。

なぜなら俺たちが打ったそばよりもはるかに上手だったから。

「瑛士もそばを打つの、初めてなんだよな？」

「うん。案外難しいものだよね」

額にうっすらと汗を滲(にじ)ませ、いつもの爽(さわ)やかな笑みを浮かべながら口にする。

イケメンはそばを打った後の汗すら美しい……いつも思うことだが、顔も頭も性格もいい上に手先も器用とか、神様は瑛士をハイスペックに作り過ぎだと思う。

前世でどれだけ徳を積めば瑛士のような男に生まれ変われるのか。

「泉、おそばのつゆできた。味見して」

「了解♪ どれどれ……」

泉はおたまで小皿によそい口に運ぶ。

「うん、バッチリ美味しいね！」

こうして年越しそばの下準備は完了。

あとはのんびり過ごし、年越し前に茹でるだけ。


その後、俺たちはテーブルを囲みながら今年一年を振り返る。

高校に入学し、葵さんと出会い、夏休みを一緒に過ごし、学園祭をみんなで盛り上げ——とてもじゃないが、一晩では語りつくせないほどの思い出話に花を咲かせる。

誰もがいい思い出だけじゃないことはわかっている。

それでも年の瀬に、みんな笑顔でいられるんだから喜んでいいはずだ。

「そばできたぞー」

そして夜もふけた二十三時過ぎ。

今年も残すところ一時間を切った頃――。

「待ってました！」

「テーブルの上を片付けてくれ」

泉と日和は小腹を満たそうと空けたポテチの袋を慌ててゴミ箱へ。

俺は葵さんと一緒に五人分の年越しそばを綺麗（きれい）になったテーブルへ運ぶ。

作りたての年越しそばの具材はネギとかまぼこのシンプルな組み合わせ。そばつゆのいい香りが、こんな時間まで夕食を我慢していたせいもあって余計に食欲をそそりまくる。

テレビには年末恒例の音楽番組が流れる中、みんな揃って手を合わせた。

「じゃあ食べるか」

「あ、ちょっと待って」

すると葵さんは思い出したように合わせていた手を胸の前で打つ。

スマホを手にすると、カメラを起動してそばにレンズを向けた。

「これも、大切な思い出」

「わたしも撮っておこっと♪」

すると泉も真似をしてスマホを手にする。

葵さんはカメラの設定を開き、角度や明るさを調整しながらシャッターを切る。

何度か撮り直して満足のいく写真を撮ることができたのか、満足そうに笑みを浮かべるとスマホを置いた。

「お待たせしてごめんね」

俺は笑みを浮かべて首を横に振る。

これも葵さんの大切な思い出になるならいくらでも待つ。

泉も撮り終えたのを確認し、みんなで改めて手を合わせ直す。

「「「「いただきます」」」」

みんなお腹（なか）が空いているせいもあり、箸（はし）を手に一斉にそばを口にする。

みんながそばを食べる姿を見届けてから、俺も少し遅れて箸を手にした。

お世辞なんて口が裂けても言えないくらい見た目はよろしくないが、味の方はどうだろうか……若干不安になりながらそばを口に運んだ瞬間だった。

「美味しい……！」

葵さんが俺の感想を代弁するように声を上げた。

太さがまばらだから茹で加減が微妙で食感はまちまちなものの、ちゃんとそばの味をしているし、そば粉がいいからか手打ちだからか、噛むごとにそばの香りが口の中で広がる。

日和が作ってくれたつゆもレシピ通りに作っただけあっていい感じ。

「うん。美味しいね♪」

笑顔で同意する泉の隣で日和もコクコク頷いている。

みんな揃って口にする通り確かに美味しい。

「美味しいからこそ、なおさらそばの太さがバラバラなのが残念だな……」

「次はもっと上手に作れるさ」

瑛士の言う通り、きっと次は上手くできる。

「素人のくせにもっと上手に作りたいなんて欲をかきすぎかな」

「それなら来年も、みんなでおそばを作ろうよ」

そう呟いたのは葵さんだった。

いつもならこの手の提案は泉が声を上げること。

「……そうだな。来年もみんなで集まってそばを打とう」

「いいね。そうしよ♪」

もちろん瑛士も日和も賛成してくれる。

少し前の俺だったら未来の話は避けていたと思う。

なぜなら俺にとって別れは当たり前のことで、何度も別れを繰り返す中で仕方がないと諦めていたから。迫るタイムリミットから目を背けるように未来の話は避けてきた。

だけど瑛士や泉、なにより葵さんと出会い別れを受け入れられた今、別れは悲しいだけのものではないと理解した今、未来を語ることは俺にとって希望のようなもの。

悲しみで終わらず、その先に想いをはせることができるのはなによりの救いだろう。

素直に一年後を楽しみだと思えるのは、この場にいるみんなのおかげだと心から思う。

今食べているそばの味以上に、想いを噛みしめずにはいられない。

「さあ、年が明けるぞ」

そうこうしているうちに時計の針は進み年が明ける直前。

みんなそばを食べ終え、箸を置いてテレビに目を向けていた。

画面の向こうで始まったカウントダウンに俺たちも声を合わせる。

一年が終わり、新しい年を迎えた瞬間――。

「あけましておめでとー！」

いつもの通り泉が先陣を切って声を上げた。

日和に抱き付く泉を横目に、俺は隣の葵さんに向き直る。

「あけましておめでとう。今年もよろしくな」

「あけましておめでとう。私の方こそ今年もよろしくね」

柔らかに目じりを下げるその顔を見ると、何度でも勘違いしそうになる。

葵さんが別れを惜しむあまり、無理に明るく振る舞っているなんて考えすぎだろうと。

もちろん勘違いじゃないってことはわかってる――なぜなら、葵さんが今こうして満面の笑みを浮かべられていることが、もうすでに普通ではないなによりの証拠なのだから。

だから葵さんが未来を悲しまずに済むように思い出を積み重ねよう。

今日の思い出も、きっとその一助になるはずだ。

「さあ、そばも食べ終わったし初詣に行こうぜ」

「みんな寒いからしっかり防寒していこうね！」

こうして俺たちはコートに身を包み、白い息を吐きながら家を後にする。

冬の澄んだ空気でひときわ輝く星空の下、俺たちは初詣に向かった。

*

俺たちが歩いて向かったのは街の中心地、駅の近くにある神社だった。

俺の家からは駅を挟んだ反対側、オフィスビルや商業施設が立ち並ぶエリア。

その一角は小高い丘になっていて、こんなビル街のど真ん中に神社が建てられているのはもちろん、未開発のまま丘になっているのは珍しいと思われるかもしれない。

その理由は、この街ができるよりもはるか昔から神社がこの場所にあるから。

今から千六百年前――まだ街の原型すらなかった小さな集落に起源となる社が建てられたらしく、つまりこの街の歴史は神社と共に歩んできたものと言っていい。

故に、この街に住む人にとって代々馴染(なじ)みの深い神社だった。

「さすがにすごい人だな」

「夜遅い時間なのにね」

神社に着く少し前から道路には人が溢(あふ)れかえっていた。

「こんな寒いのに……」

みんなよく年明け早々にお参りにくるよな。

なんて思いかけ、俺たちも同じだと気づいて喉(のど)から出かかった言葉を飲み込む。

年に一度の初詣を楽しもうと思う気持ちは誰もが理解できること。娯楽の少ない田舎(いなか)の地方都市にとって、年末年始は老若男女問わず楽しめる数少ないイベントなんだから。

その証拠にカップルや家族連れの他、年配のご夫婦の姿もあった。

「葵さん」

俺は葵さんへ右手を差し伸べる。

「今日は手袋してるから温かいよ」

葵さんは卒業旅行の時のように、寒いから手を繋ごうとしていると思ったんだろう。

俺は構わず葵さんの左手を握り締めた。

「温かいと思うけど、人が多いからはぐれたら大変だと思ってさ」

「……うん」

瑛士や泉には手を繋いでいるところを見られている。

それに何度も手を繋いできたんだし、今さら恥ずかしがることもない。

そう思って堂々と手を繋いだんだが。

「……手、繋いでる」

日和が繋いでいる手を見つめながらぼそりと呟いた。

そう言えば日和の前で手を繋いでいる姿を見せたことはなかったな。

日和がいるのを忘れていたわけじゃないが、さすがに妹の前では恥ずかしい。

「……ずるい」

なんて思っていると、日和は葵さんの右側に回り込む。

すると俺と日和で挟むように葵さんの右手を握り締めた。

「人が多いから、晃と葵さんがはぐれないように私が手を繋いでいてあげる」

「日和ちゃん……」

そんな日和を見て、驚きと共に笑みが零れた。

日和は誰より情が深いが、感情を言葉や表情で表すことがあまりにも少ない。

そのため一見するとドライで冷たい女の子だと勘違いされることが多く、故に日和のことを理解してくれる友達からは好かれるが、自ら積極的に友達を作るタイプじゃない。

そんな性格もあり誰かに甘えることは少なく、両親にすら滅多に甘えたりしない日和が、俺の言葉を口実に葵さんと仲良くなろうと歩み寄りの姿勢を見せている。

妹の普段は見せない一面を目の当たりにして驚かずにはいられなかった。

改めて、前に葵さんが母親の元へ帰った時『私はこれからも、葵さんと仲良くしたい』と日和にしては珍しく自分の気持ちを言葉にしていたことを思い出す。

日和は俺が思っている以上に葵さんのことが好きらしい。

「ふふっ……」

「……なに？」

笑みを浮かべるだけでは我慢できず、思わず声を漏らしてしまった。

すると日和が耳を赤くしながら俺を睨むように視線を向けてくる。

「いや。これなら誰も迷子にならないと思って安心したんだよ」

「日和ちゃん、ありがとうね」

葵さんも日和の気持ちを察したんだろう。

まるで妹を見つめるような優しいまなざしを日和に向けていた。

こうして俺たちは三人で手を繋ぎ、人の列に続いて神社へ向かう。

しばらく歩いて神社に着くと、辺りはたくさんの参拝客で溢れていた。

敷地の入り口にはライトアップされた高さ十メートルを超える大きな鳥居があり、その先には百段を超える階段が続き、上った先には由緒正しい歴史を誇る本殿が立っている。

階段まで続く石畳の両側にはクレープ屋などが出店していた。

そんな中、俺たちも他の参拝客に続いて階段を上る。

息を切らしながら上りきると、本殿の前は足がとまるほどの人で賑(にぎ)わっていた。

人の波に揉(も)まれながら少しずつ進み、十五分ほどしてようやく本殿の前に到着。

俺たちは賽銭箱(さいせんばこ)に小銭を投げ入れ、吊(つ)るされている鈴を鳴らしてから手を合わせる。

願い事なんて悩むまでもなく一つしかなかった。

――どうか残された時間で、葵さんと少しでも多くの思い出が作れますように。

これは本来、神様に願うようなことじゃない。

別れを惜しんでくれている葵さんのために、俺が自分ですべきこと。

葵さんの感情の起伏は、今の生活が終わることへの不安や寂しさの裏返し。

ようやく手に入れた平穏な日々に別れを告げ、望むと望まざるとに拘(かか)わらず歩みを進めなければいけなくて、未来への期待と不安など様々な感情が入り乱れているからだと思う。

この半年間を思い返せばそれは仕方がないこと。

だから俺が葵さんのために多くの思い出を残してあげたい。
二度と卒業旅行の時のように胸を痛めて涙を流さずに済むように。
たとえ悲しみを消せないとしても、それを上回る楽しい思い出を残せるように。
それが、俺が残された時間で葵さんのためにできること。
だからこれは神様へのお願いではなく、俺自身の決意表明のようなもの。
「え——?」
だが手を合わせ終えた後。
隣で手を合わせる葵さんに視線を向けた瞬間、目を疑った。
なぜなら、葵さんの閉じられた目の端から一粒の雫が頬を伝ったから。
唇を噛みしめながら悲痛な面持ちで祈りを捧げる姿を見て、直感的に思った。
——もしかしたら俺は、葵さんの想いを見誤っているのかもしれない。
年明け早々に目にした涙に胸のざわつきを抑えられない。
嫌になる……嫌な予感だけはいつだって百発百中。
これまで一度も外したことはなかったのだから。

*

初詣から帰宅後、みんなが寝静まった午前三時過ぎ――。

俺は一人、リビングの電気も点けずに窓の縁に座りながら庭を眺めていた。

自分の吐く息が月明かりに照らされ、真っ暗な空間を白く朧げに滲ませている。

真冬の深夜――いつもなら肌を刺すような寒さを感じるはずなのに、寒さを気にする余裕もないほど頭の中が熱を帯びているからだろうか、今は微塵も寒さを感じない。

「………………」

初詣で見た葵さんの涙の意味をずっと考えている。

俺はなにか致命的な勘違いをしている気がしてならない。

言葉にし難い焦燥感は、俺に眠ることを許してくれなかった。

「今日は月が綺麗だね」

静寂に包まれたリビングに聞きなれた声が響いた。

「……瑛士」

振り返ると、そこには穏やかな笑みを浮かべる瑛士の姿。

瑛士はゆっくり窓際までやってくると俺の隣に腰を掛けた。

「悪いな……いつも気を使わせて」

「いいよ」

瑛士が現れたのは偶然でもなんでもない。

思い返せば俺が悩んでいる時、いつも瑛士はこうして寄り添ってくれていた。

一学期に勉強合宿をした際、お菓子を食べたいと言い出した泉の代わりにコンビニまで買い出しに行った時や、夏祭り後に葵さんの父親のことで悩んでいた時もそう。

今も俺の様子に気づいて話を聞きにきてくれたんだろう。

俺が女だったら確実に惚(ほ)れている。

「初詣の時、葵さん……泣いてたんだよ」

俺は瑛士の優しさに甘えて語り出す。

瑛士は黙って俺の言葉に耳を傾(かたむ)けてくれていた。

「最初に葵さんが泣いているのを見たのは、卒業旅行の雪まつりの時だった。葵さんとはぐれてさ、すぐに見つけたんだけど……すごく取り乱してたんだ。きっと葵さんは別れを惜しんで情緒不安定になっている。だから俺が思い出を作る以上に、葵さんが寂しくないように思い出を残してあげたい。そうすればきっと、もう葵さんが涙を流さなくて済む」

そう思っていたんだが……。

「俺はもしかしたら……なにか根本的に勘違いをしているのかもしれない」

「どうしてそう思うんだい？」

俺は瑛士の問いに答える。

「どれだけ一緒に過ごしても、どれだけ一緒に思い出を作っても、葵さんの不安や悲しみを解消できていないように思った……なにか大切なことを見落としているような気がするんだ」

こんな漠然とした相談をされても困ると思ったんだが。

「晃が葵さんの変化に気づいていてくれてよかったよ」

瑛士は理解を示すように頷きながら、それでいて安堵に満ちた言葉を漏らす。

それは俺の中の疑念を肯定する一言に他ならなかった。

「どういうことだ……？」

答えを求めて尋ねる。

すると瑛士は珍しく言葉を選ぶように視線を泳がせる。

しばらくすると、考えがまとまったように頷いてから顔を上げた。

「晃がそこまで気づいているなら、話してもいいのかもしれない」

瑛士は俺にではなく自分自身に言い聞かせるように呟くと。

「今、葵さんの心を蝕んでいるのは晃への依存心だと思う」

「……依存心？」

考えもしなかった単語を口にした。

「最初に葵さんの変化に気づいたのは泉だった」

「泉が……？」

「夏休みが終わった頃から、葵さんが積極的に晃と思い出を作ろうとしていたのは晃も気づいていたと思う。でも泉には、葵さんの積極的すぎる姿が不安の表れに見えたらしい」

ふと、泉とプレゼントを買いに行った時のことを思い出す。

あの時、泉は『晃君は心配する必要なさそうだね』と言っていた。

今にして思えば葵さんはダメだという言葉の裏返しだったんだろう。

「それは俺も日和も気づいていた。無理に明るく振る舞っているのは不安だからだろうって。でもそれは、別れを悲しんでいるからだと思っていたんだが……依存、か……」

葵さんが無理をしていたのは誰の目から見ても明らか。

だが、泉と俺が感じていた原因は違ったということだろう。

得てして本人たちよりも傍から見ている人の方が物事の本質に気づけることはよくあるし、なによりこうして言葉にされると、いくらでも『依存』に心当たりはあった。

——私は晃君さえ傍にいてくれればいい。

——もう会えなかったら、どうしようって。

それだけじゃない。

葵さんが口にした依存を思わせる言葉がいくつも頭をよぎる。

「おそらく葵さんにとって、今までは母親が依存相手だったんだと思う」

「……そうだろうな」

それは俺も同意しかない。

母親から離れられなかったのは家族という関係に加え、依存心があったから。

あれだけ酷いことをされても離れることができなかったのは、あんな母親でも当時の葵さんにとって唯一無二の家族であると同時、心のよりどころだったからなのは間違いない。

十五年間という共に過ごした時間は、家族の絆よりも依存心を育て上げた。

「だけど晃に手を差し伸べられて、葵さんの依存相手は母親から晃に変わった。それは晃が葵さんにしてあげてきたことを考えれば当然だと思うし、同じようなことをされたら葵さんじゃなくても依存してしまうだろうね。むしろしない方がおかしいくらいさ」

話を聞きながら、自分の中に一つの疑問が浮かぶ。

「晃は前に『もう、葵さんに俺の助けはいらない』と言っていたけど、僕は半分正解で半分不正解だと思ってる。確かに葵さんを取り巻く環境は改善したけど、代わりに葵さんにとって晃が不可欠な存在になってしまった——きっと原因はそこなんだろうって思う」

つまり俺は……。

「葵さんの問題を解決して自立できるように助けてあげたつもりでいて、自分に依存をさせてしまっていたってことか……むしろ俺の中に残っている庇護欲が葵さんの自立を邪魔し、依存心を増長させていたんだろうな。むしろ、全部俺のせいじゃ――」

「――それは違う」

そこまで言いかけると、瑛士は言葉を被せて否定した。

「これだけは、はっきり言っておくよ」

すると瑛士にしては珍しく強めの口調で続ける。

「依存心も庇護欲も、なにも悪いことじゃない」

「悪いことじゃない……？」

「どちらも良し悪しはある。それも一つの愛情表現で、恋人関係や家族関係において多少なりともある感情さ。適度な依存や庇護は相手との関係を深めるために必要ともいえるし、それは僕と泉の関係においてもあること。大切なのはお互いの向き合い方次第なんだ」

瑛士と泉の間にも依存関係があるのは意外だった。

瑛士は適度な距離感を保ち、泉は自由過ぎて依存とは無縁に思えたから。

「難しく考える必要はないんだよ。大切な人に頼りたいと思うことも、好きな人を守りたいと思うことも健全な感情だろう？　得てして問題なのは度を越えてしまった時なんだ」

その言葉はすとんと自分の中に落ちていく。

だとしたら今の俺と葵さんは、きっと度を越えてしまっている。

「晃は自分なりに別れと向き合い、徐々に受け入れてきたよね」

「ああ」

「でも葵さんは逆。晃と想いを通わせるにつれて徐々に受け入れ難くなってしまった。別れに対する二人の想いが逆である以上、今のまま離れるのは二人にとって良くないだろうね」

瑛士の言う通りだと思う。

依存が必ずしも悪いとはいわないとしても、今のまま別れたらどうなるだろうか？

ずっと心の中で引っかかっていた原因が『依存』であり、俺の『庇護欲』がそれを増長させていたとして、それが原因だとすれば思い出を作ることは解決にはならない。

むしろ記憶が悲しみを思い出させてしまうことだってあるだろう。

解決すべきはそこじゃない。

難しい……余計に頭が熱を帯びる。

俺は、どうすればいい――？

「僕らが初めて喫茶店でお茶をした後、僕が晃に掛けた言葉を覚えているかい？」

すると瑛士は悩む俺に、驚くほど穏やかにそう言葉を掛けた。

「……もちろん」

一度だって忘れたことはない。

俺にとってこの半年の間、ずっと指針となっていた言葉。

「基本的に人と人はわかり合えない」

言葉にせずにお互いを理解することは不可能。

「――だからこそ、思っていることを言葉にすることが大切なんだよ」

何度もその言葉に助けられてきた。

そして今、改めて瑛士の言葉が身に染みる。

「相手を想うが故に一人で考え、答えを出そうとするのは悪いことじゃない。それは疑うべくもなく優しさだろうね。だけど残念ながら、男女の関係は優しさだけじゃわかり合えないことの方が多いのも事実。今こそ二人には対話が必要なんだと思うよ」

「そうだな……」

葵さんを理解するために対話と心の触れ合いを重ね、いつしか言葉なく理解し合えるほどに近づいたと思ったが、ここにきて、やはり俺たちは対話なくして前に進めないらしい。

ふと思った。

「きっと誰かと一緒にいたいと思うなら、一生この繰り返しなんだろうな……」

「そうだね。僕もその意見には心から同意するよ」

相手を理解しようと対話を続け、理解できたと自惚れた時点で全てが終わる。

自分と相手は違う人間だということを忘れず、家族や恋人に必要以上の理想を押し付けず、相手に理解して欲しいと思うのなら、自分が相手を理解する努力を怠らない。

その手段としての対話をやめた時、人は大切なものを失うんだろう。

そして気づくのは、いつだって失った後だから嫌になる。

「とはいえデリケートな問題だから、無理に話を聞き出すのがいいとは思えない。葵さんが心の内を打ち明けてくれるか、晃から自然と話を切り出せるタイミングを待った方がいい。もちろん、タイムリミットが迫っているから悠長なことも言っていられないんだけど」

「わかってる。焦るべきじゃないよな」

葵さんの心を傷つけずに胸の内を語ってもらう術を俺は持たない。

それができているなら、今の今までこんなふうに悩んだりしていない。

今は葵さんが思い悩んでいることを理解し、葵さんがわずかでも想いを吐露してくれた時、慌てることなく受けとめてあげられるよう心の準備をしておくことが大切だろう。

「それと一つ、謝らせて欲しい」

すると瑛士は俺に向き直って頭を下げた。

「葵さんが晃に強く依存していることも、晃が未だ葵さんに庇護欲を抱いていることも、僕と泉は気づいていた。二人がよくない意味で共依存関係になりつつあると気づいていながら黙っていたことは、親友として申し訳なく思ってる」

頭なんて下げないでくれ——。

そう言おうとして、瑛士の言葉があまりに誠実すぎて返せなかった。

「僕や泉がそれを伝えて二人の関係が改善しても、きっとそれは一時的。その場しのぎの対処をしてもいずれ同じことを繰り返すと思ったから、晃には自分で気づいて欲しかった」

「ああ……今なら俺もそう思うよ」

「僕は晃が気づかなかったとしても、教えるつもりはなかった。それで二人が結ばれなかったとしても……だから僕は、晃が葵さんの変化に気づいてくれて心から安心している」

大丈夫。

ちゃんと瑛士の想いは受け取れている。

なぜならそれは、対処療法で根本治療じゃない。

例えるなら、二人に教えてもらうのは怪我(けが)をしてから絆創膏(ばんそうこう)を貼(は)るようなもので、俺と葵さんに必要なのは自分たちで怪我をしないように原因を考えて解消すること。

それができずに誰かに頼っても、瑛士の言う通り同じことを繰り返す。

今日まで気づけなかったのは俺のせい。

そして気づけなかった理由も、ようやくわかった――。

「俺はきっと、葵さんの気持ちと向き合うのが怖かったんだと思う」

「そうなのかい？」

「葵さんのことを好きになったことで、葵さんの気持ちに以前ほど踏み込めなくなっていたんだと思う。嫌われたらどうしようとか、俺の一方的な想いだったら嫌だとか……」

相手の都合を無視してでも手を差し伸べようとしていた頃とは違った。

　あの頃のがむしゃらさがあれば、きっと違った今があったはずだ。

「確かにそうかもしれないね。でも僕は、それを聞いて安心したよ」

「安心？」

「晃も普通の男子高校生なんだってわかったからね」

　瑛士は珍しくからかうように笑ってみせる。

「晃はよく泉をお節介とか世話焼き係とか言うけれど、僕に言わせれば晃の方がよほど世話焼きさ。そんな晃が好きな子に対しては積極的になれないなんて可愛いものじゃないか」

「やめてくれ。男同士の恋バナなんて誰も喜ばないだろ」

「そうかい？　僕は意外と嫌いじゃないよ」

「だとしても、それは全部解決した後にしようぜ」

「そうだね。晃と恋バナに花を咲かせられる日がくるように期待してるよ」

　瑛士はその場にすっと立ち上がる。

「僕に協力できるのはここまでだ。僕や泉には、二人が依存心や庇護欲と折り合いをつける手段は思いつかない。残念だけど、ここから先は晃に頑張ってもらうしかない」

「ああ。話を聞いてくれただけで充分さ」

「でも僕は、晃なら解決できると確信してる。なぜなら今まで、僕が晃に解決策を提示したことは一度もなく、晃は自分自身で葵さんと向き合い全てを解決してきたんだから」

その言葉はきっと、なによりの信頼の証し。

「僕と泉は残された時間で二人の恋の行方を見届けさせてもらうよ」

「ご期待に沿えるように頑張ってみるさ」

瑛士はそう言い残すとリビングを後にした。

一人残り夜空に浮かぶ月を眺めていると、不意に凍えるような寒さを自覚する。

自分でも驚くほど頭の中がクリアになっているのは、瑛士の言葉と冬の冷たい夜風が熱を帯びていた頭の中を冷やしてくれたからだろう。

「確かに今日の月は綺麗だわ……」

残された時間は三ヶ月を切っている。

年明け早々、ようやく自分がなにをするべきかわかった気がした。

第七話 ✿ バレンタインの夜

冬休みが終わり、三学期が始まった最初の水曜日の午後――。

最後の授業で行われるロングホームルームが終わりに差し掛かった時だった。

「最後に晃君から、みんなにお話があるらしいから聞いてあげて欲しいの」

クラス委員の泉は教壇の上でそう切り出すと、俺に視線を向けてきた。

これまでのことを考えれば、また泉が俺に無茶振りをしたのかと思われそうだが、今日に限ってはそうではなく、俺が泉にロングホームルームの最後に時間をくれと頼んでいた。

席を立って教室の前に向かうと、泉は教壇を降りて場を譲ってくれる。

すれ違いざま、激励するように胸をポンと叩かれた。

「ホームルームの最後に時間をもらって悪いな」

教壇に立ち、クラスメイトたちの顔を見渡しながら口にする。

こうして教壇に立つのは、学園祭の準備期間中に葵さんが母親の元へ帰った時以来。みんなに葵さんがしばらく学校に来られないことを伝えた時のことを思い出す。

あれからもう二ヶ月以上が経ったのか……時間の流れ早すぎるだろ。

だが、これから伝えようとしていることを言葉にしたらもっと早く感じるだろう。

なにが始まるのかと不思議そうな表情を浮かべるクラスメイトとは対照的に、瑛士(えいじ)は見守るように穏やかな表情を浮かべ、泉は応援するように力強い視線を向けている。

葵さんだけが、少しだけ心配そうな瞳(ひとみ)で俺を見つめていた。

思い思いの感情が交錯する中、俺は小さく深呼吸をしてから話を切り出した。

「急な話で悪いんだけどさ……俺、三学期が終わったら転校するんだ」

唐突な告白に教室は静まり返り、直後、一斉に沸いた。

だが、すぐに説明の続きを聞こうとみんな声を潜める。

「理由は家庭の事情。詳しい説明が聞きたい人は個別に説明するからこの場では控えるが、実は二年になるタイミングで転校するのは入学前から決まってたことなんだ。今まで黙ってて申し訳ないと思ってる……できれば残りの二ヶ月も変わらず過ごしたい」

もっと早くみんなに伝えるべきだったと思わないわけじゃない。

だが、入学当初の俺は別れを達観してはなから諦(あきら)めていたし、転校をしたくないと思うようになってからは、言葉にすることで別れを意識してしまうのが怖くて言えなかった。

三人のおかげで別れを受け入れられた今だから言葉にできたこと。

もし三人がいなかったら転校直前まで言えなかったと思う。

そして、かつての転校のように全(すべ)てを諦めて去っていただろう。

だから俺にとって、こんなタイミングでもみんなに伝えられたことには意味がある。

「そんなわけだから、みんなよろしくしてあげてね♪」

泉がそう締めた直後、終業のチャイムが鳴り響く。

すると、みんな一斉に席を立って俺の周りに集まってきた。

別れを惜しむ声や黙っていたことを怒る声、みんな思い思いの言葉を掛けてくれる優しさに感謝する中、視界の端には葵さんに歩み寄り声を掛けている女子の姿が目に留まった。

学園祭の一件以来、みんな俺と葵さんが親密な関係にあることを知っている。

俺が転校することで葵さんの心配をしてくれているんだろう。

今はこうして葵さんを心配してくれる友達がいる。

その光景を見て、改めて俺がしてきたことは間違いじゃないと思えた。

＊

その後、葵さんと話をする機会がないまま日々は過ぎていった。

転校までの時間を考えれば早く話をしなければいけないのはわかっているが、瑛士が言っていた通り、この話題はお互いにとって極めてデリケートな問題。

これまで葵さんが抱えていた問題が外面に起因するものだとしたら、これは葵さんの内面、しかも深い部分に及ぶ問題のため、葵さんの気持ちをなにより優先しなければいけない。

大切なのは急ぐことよりも気持ちの準備とタイミングだと思う。

それと話せなかった理由はもう一つあり、最近の葵さんが至って普通だったから。

卒業旅行や初詣の時のように情緒不安定な一面を見せることはなく、家でも学校でもいつもと変わらない姿を見せていて、むしろ今までの葵さん以上に葵さんらしく見える。

まるでもう気持ちの整理を付けたとでも言わんばかりの穏やかさ。

もちろんそれが、俺を心配させまいと感情を隠しているからなのはわかっている。

どれだけ平静を装っていても普通でいられることが、もうすでに普通じゃない。

それでも葵さんの抱える問題について話を切り出すのは難しかった。

「で……気づけば明日はバレンタインってわけか」

一ヶ月が経った二月十三日、日曜日の夕方のこと。

俺は家で一人過ごしていた。

「にしても、こんなに長い時間一人でいるのは久しぶりだな……」

というのも、葵さんは昨日から泉の家に泊まりで遊びに行っている。

泉に誘われ二泊三日のお泊まりで、明日は泉の家から学校に向かうらしい。

葵さんが泉と泊まりでなにをしているかは想像に難くないが、もし違った時に自意識過剰で面倒な男だと思われてしまいそうだから今はあえて触れないでおく。

でも、このタイミングで一人の時間を得られたのはありがたい。

いくら話しにくい話題だからといって、いつまでも話をしないわけにもいかない。

幸い一人で考える時間ならいくらでもある――ソファーに横になりながら、どうやって話を切り出そうかと考えているうちに睡魔に襲われ、いつの間にか眠りに落ちていた。


それからどれくらい眠っていただろうか。

不意に温もりに包まれるような感触を覚えて目が覚めた。

「……え?」

重い瞼をゆっくりと開ける。

薄暗い部屋の中、目にした姿に疑問の声が漏れた。

「葵さん……?」

「ごめんなさい。起こしちゃった?」

目の前には泉の家に泊まりに行っているはずの葵さんの姿があった。

葵さんはコートを羽織ったまま、今まさに帰ってきたところといった様子。

俺が寝ているのと気づいてリビングの電気は点けなかったんだろう。ダイニングの明かりだけが点いていて、ソファーの前でしゃがんでいる葵さんの顔は影になっている。

暗がりの中、わずかに頬を染めているように見えるのは気のせいだろうか？

片手で口元を押さえながら、肩から垂れるように落ちた長い髪を耳に掛ける仕草が妙に艶っぽく見えた。

「泉のうちに泊まるんじゃ……？」

「帰ってきちゃった」

身体を起こしながら掛け時計に目を向ける。

時計の針はちょうど日を跨いだところだった。

「こんな時間に……なにか急用でもあった？」

「急用……うん。そうだね。どうしても渡したいものがあって」

葵さんは笑みを浮かべながらそう答える。

すると手元に置いてあったバッグの中から綺麗にラッピングされた箱のようなものを取り出した。

「本当は明日渡そうと思ってたの。でも、学校でみんなのいる前だと少し恥ずかしいし、学校から帰ってきてからだと遅いし……一分でも早く晃君に渡したくて」

「開けていい？」

「うん」

包みをはがして蓋を開けると、中には一口サイズのチョコが入っていた。

一つ一つ形も色も、デコレーションも違う八種類のチョコレート。

見るからに美味しそうだった。

「これ……」

「うん。バレンタインチョコ」

葵さんは照れくさそうに、でも精一杯の笑顔ではにかんでみせた。

「泉さんのおうちにお泊まりしたのは、これを作るためだったの。実は日和ちゃんも来てくれていてね、泉さんと二人で日和ちゃんからチョコレート作りを教えてもらってたんだ」

言葉にし難い感情が溢れると同時、瞳の奥がじんわりと熱くなる。

葵さんが泉のところに泊まりに行くと聞いた時、たぶんそうじゃないかと思っていた。

まさか日和に作り方を教わっていたとは思わなかったが、もしかしたら俺にバレンタインチョコを用意しようとしてくれているかもって内心期待をしていた。

タイミングがタイミングだし、そこまでは予想していたから驚きはしない。

でもまさか……俺に少しでも早く渡したいからと、お泊まりの予定をキャンセルして、しかもこんな夜中に帰ってきてくれるなんて夢にも思わないだろ。

「ありがとう……」

葵さんだって色々複雑な想いを抱えているはずなのに。

それでも俺のために用意してくれたと思うと嬉しいのに苦しくてたまらない。

葵さんにバレないように小さく鼻をすする。

明かりが点いていなくてよかったと心から思った。

「食べていい？」

「うん。でもね、初めて作ったから味の保証はできないんだけど……」

不安そうな表情を浮かべる葵さん。

チョコを手に取って口に運ぶと、すぐに溶けてビターな甘さが広がった。

「どうかな？」

「ああ。美味しい」

「本当？」

「よかったら葵さんも食べてみる？」

もう一つチョコを手にして提案する。

「晃君のために作ったチョコだから」

「俺が葵さんと一緒に食べたいんだ」

最初は遠慮していた葵さんだったが、すぐに餌を待つ雛鳥(ひなどり)のように小さく口を開く。

手にしていたチョコを葵さんの口元に運ぶと、葵さんはぱくりと口にする。

「…………」

味を確認するように噛(か)みしめた後。

「よかった。ちゃんと美味しいね」

「ああ。お店で買うチョコより美味しいよ」

「それはちょっと大げさだよ」

葵さんは安心した様子で笑みを浮かべた。

「俺……手作りのチョコを貰うのは初めてだ」

「私、男の子にチョコをあげるのは初めてだから喜んでもらえて嬉しい」

初めて……。

なんて貴重なものをいただいてしまったんだろうか。

「それでね、えっとね……」

暗がりでも葵さんが頬を染めるのがわかった。

「義理……じゃないの」

「え――」

その一言に心臓が跳ねた。

「晃君にはたくさん助けてもらったから、ずっとお返しをしたいと思ってたんだけど、私が晃君にしてあげられることや、あげられるものは少なくて……本当はチョコをあげたくらいじゃ全然足りないんだけど、せめてもの感謝の気持ち」

葵さんは『だから、どうしても手作りしたかったの』と言葉を続けた。

「ありがとう……本当に嬉しいよ」

「ん……」

葵さんの幸せそうな照れくさそうな姿を見ていると思わずにはいられない。

葵さんが今も悩み続け胸を痛めているなんて、俺たちの勘違いじゃないだろうかと。

そんなはずはないとわかっている。

わかっているからこそ、きっと願ってしまうんだろうな。

＊

その後、俺たちはお風呂(ふろ)を済ませてから就寝。

自室のベッドに横になり、昼間に考えていたことの続きを考える。

葵さんが手作りのチョコをプレゼントしてくれたことは心から嬉しく思う半面、未来について話し合えていないことが常に頭の真ん中に引っかかって心が苛(さいな)まれる。

「残された時間はあと一ヶ月か……」

言葉にすると途端に危機感に襲われる。

早く話す機会を設けなければいけないとわかってはいるものの、先ほどのように葵さんの幸せそうな顔を見ると、切り出すタイミングは今じゃないと思い留(とど)まってしまう。

「とはいえ、もう先送りするわけにもいかない……」

多少唐突だとしても葵さんと向き合わなければいけない。

猶予がないのは誰より転校を控えている俺自身が一番わかっている。

そう思っているうちに睡魔に襲われ、次第に意識が沈むように遠くなっていく。

眠りに落ちていく瞬間の心地よさに包まれながら、それでも考えなくてはいけないという責任感でギリギリ意識を保ち続けていた時だった。

「ん……？」

ふと背中に妙な温もりを感じた。

なんだろうと思い、眠気を堪えて薄目を開ける。

身動ぎをして背中の向こうを覗いた瞬間、息がとまった。

「え……？」

暗闇の中、カーテンの隙間から差し込む月明かりだけでは表情まで見て取れない。

だけど隣で横になり、俺の背中に縋りついていたのは葵さんだった。

「葵さん――」

――どうしたの？

そう言いかけて言葉を飲み込んだのは、この状況が初めてではなかったから。

一学期の終業式の数日前、今と同じように葵さんが俺のベッドに潜り込んできた時のことを思い出す。

あの時、葵さんが見せた悲しみに満ちた表情と悲痛な覚悟が頭をよぎる——この状況だけで、葵さんが只ならぬ覚悟の下にこうしていることは容易に想像できた。

俺は寝返りをうち布団の中で葵さんと向き合った。

「どうしたの？」

穏やかな声で落ち着かせようとしたのは、葵さんか自分自身か。

葵さんは俺の胸に縋りつき、顔を隠しながら小さな声で呟いた。

「あげたかったのはチョコレートだけじゃないの」

「チョコレートだけじゃない……？」

葵さんはこくりと頷く。

想いの強さを表すように縋りつく手に力が籠もる。

「チョコレートよりも、あげたかったのは……私」

それは聞くまでもなく、驚くはずもなく、わかっていたこと。

葵さんが俺にこういうことを許そうとする時は、悩みに悩んだ末のことであり、決して自暴自棄になったからではないということはわかっている。

だから下心なんて微塵も湧かなかった。

「お返しをしようと思ってくれてるなら、その気持ちだけで俺は嬉しいよ」

「お返しがしたいと思ってるわけじゃないの……」

葵さんはそう言いながら首を横に振る。

「私が、晃君にあげたいの」

言葉に乗せる覚悟は明らかに前とは違った。

「嬉しいよ。でも、どうして？」

「思い出だけじゃ足りないの……」

すると葵さんは今にも泣き出しそうな声で続ける。

「晃君にたくさん思い出を作って欲しくて、泉さんに相談したり、計画したりしてきたけど……でも、本当は晃君のためじゃない。私が晃君との思い出を欲しかったの」

「葵さん……」

「みんなとお別れをしなくちゃいけない晃君の方が辛いのに、私は自分のことばかりで……そんな自分のことを嫌な人だなって思うのに、それでも……我慢できなかった」

その想いは俺が誰より理解できる。

なぜなら、葵さんの前に葵さんの父親が現れた時の俺と同じだから。

あの時、葵さんにとって父親と暮らすことがベストだとわかっていながら、俺が葵さんと離れ離れになりたくないあまりに父親を悪者と決めつけて遠ざけようとした。

どれだけ頭でわかっていても、必ずしも心が追いつくとは限らない。

葵さんの苦悩は当時の俺の想いそのものだろう。

「でも、どれだけ思い出を作っても、写真を撮ってもダメだった……」

想いを吐露する葵さんの声は、すでに震えていた。

「晃君がもうすぐいなくなっちゃうと思うと……どうしていいかわからなくなる。自分でもわかってるの……晃君が転校したら一人で頑張らなくちゃいけない、こんなに依存してちゃダメだって。それでも、晃君が私を貰ってくれたなら――」


――この寂しさが、少しは満たされるかもしれない。


葵さんはそう声を絞り出した。

「私にはもう、そのくらいしか思いつかなくて……」

苦悩……それ以外に言葉が見つからない。

苦しく悩み、解決するとは限らないとわかっていても縋らずにはいられない。

俺が葵さんと話し合うまでもなく、葵さんは自分の抱える問題と向き合っていた。

離れ離れになっても寂しくないように思い出を作ってきたが、思い出を作るだけでは足りないと気づき……俺がどうするべきか考えている間に、葵さんは覚悟を決めていた。

満たされない心を満たすために、俺に抱かれる覚悟を――。

「私ね……」

葵さんは顔を上げ、潤んだ瞳を俺に向ける。

「私……晃君のことが好き」

それは初めて女性から向けられた愛の言葉。

だがそれは、告白というにはあまりにも悲痛だった。

「だけど、この気持ちが恋なのか依存なのか、もうわからないの……」

「葵さん……」

子供のようにすすり泣き始めた葵さんを抱きしめずにはいられなかった。

俺に抱かれることで、満たされない心を満たそうとしている葵さん。

そこまで思い詰めていたことに気づけなかった自分が憎らしい。

「…………」

……ままならない。

あまりにもままならなすぎる。

葵さんと出会い別れを受け入れられなくなり、ようやく気持ちに折り合いをつけて受け入れられるようになったと思えば、今度は葵さんが受け入れられなくなって胸を痛める。

俺が恋心を自覚すれば、葵さんがわからなくなる。

もどかしすぎて胸を掻きむしりたい衝動にかられた。

別れが迫るにつれ、俺たちの想いは真逆になっていった。

「葵さん。ありがとう」

葵さんの告白を聞いて最初に口から溢れたのは感謝の言葉。

俺も自分の想いを正直に言葉にする。

「俺も葵さんのことが好きだよ」

それは俺にとって初めての告白だった。

「……本当？」

返事をする代わりに葵さんを抱きしめている手に少しだけ力を込める。

「正直に言うとさ、今まで俺の葵さんに対する感情は……恋愛感情じゃなかったんだ」

それは葵さん以外、瑛士や泉には話してきたこと。

少し前にようやく気づいた感情の答え。

「あの日、雨の降る公園で葵さんと出会って家に連れ帰った時から、俺の葵さんへの想いは庇護欲（ひごよく）や責任感の方が強かった。葵さんを一人の女の子として意識はしていたけど、それ以上に葵さんを守ってあげたいと思う気持ちの方が強かったんだろうな」

そう思っていた理由もわかっている。

最初は葵さんの姿が初恋の女の子と被（かぶ）ったから。

幼い頃（ころ）、いつも寂しそうにしていた初恋の女の子になにもしてあげられなかった後悔から、似たような境遇の女の子を前にして今度こそ力になってあげたいと思ったから。

葵さんの抱える数々の問題を前に、それ以外の感情を抱く余裕がなかった。

だけど――。

「葵さんが自分の意思でお母さんの問題に答えを出した時、もう俺が守ってあげる必要がないとわかった時……ようやく葵さんのことを一人の女の子として好きだと気づけたんだ」

これが、同じ女の子に二度目の恋をするまでの感情の変化。

「ただ……」

そう――ただ、この言葉には続きがある。

「葵さんに対する庇護欲が全くなくなったかといえば、正直わからないんだ」

葵さんが依存心に悩んでいたように、俺もまた庇護欲に苛まれていた。

「葵さんの俺への想いが恋愛感情なのか依存なのかわからないように、俺の葵さんへの想いは恋愛感情だけじゃなくて庇護欲が残っているんだと思う」

葵さんは瞳を潤ませながら、それでも真っ直ぐに俺を見つめる。

「私はそれでも、晃君が好きでいてくれて嬉しい……」

「俺もそれでも、葵さんが好きだと言ってくれて嬉しいよ」

お互いに好きという想いの中に別の感情が交ざっていたとしても、お互いを大切に思い合えている事実に一切の嘘偽りはない。

生まれて初めて誰かと想いを通わせることができた喜び。

大げさだと思われるかもしれないが、これが自分の生まれた意味だとすら思えた。

「だからこそ思うんだ……今の俺たちの関係はあまりにも歪すぎる」

「そう……だよね」

葵さんは悲しそうに目を伏せる。

だけど俺が伝えたいのはこの先——。

それは、自分の想いを言葉にしたことで自覚できた希望。

「だから俺は、この別れをお互いの想いと向き合うきっかけにしたいと思ってる」

「想いと向き合うきっかけ……？」

葵さんは一度伏せた目を上げて疑問符を浮かべた。

俺は葵さんから目を逸らさずに言葉を伝え続ける。

「俺の葵さんへの想いが恋愛感情なのか庇護欲なのか、葵さんの俺に向けてくれている想いが恋愛感情なのか依存なのか、お互いに自分の心と向き合うだけの時間が必要なんだと思う。今みたいに迷いや疑問があるまま関係を進めたら、きっと後悔すると思うんだ」

上手く伝えられているだろうか？

伝え間違えないように丁寧に言葉を紡ぐ。

「離れ離れになるのは寂しいけど、自分の想いを見つめ直すいい機会にしよう。お互いに新しい環境で頑張って、今より少しだけ自立して、成長して――いつか再会した時、まだお互いを大切に思えていたら、きっとその想いは本物だと思うんだ」

　葵さんにどう伝わっているかはわからない。

「そう思うと、未来のための前向きな別れだと思えないかな？」

　だけど一度は色を失ったその瞳に、わずかに彩りが戻っているように見えた。

「………………」

　言葉はつたなくとも気持ちは込められたと思う。

　もし伝わっていなかったとしたら、伝わるまで何度だって話そう。

　そう思う俺の腕の中で、葵さんは噛みしめるように何度も頷くと。

「うん……わかった」

　いつもの可愛らしい笑みを浮かべて顔を上げる。

「私、頑張るね」

　その表情は、まるで憑き物が落ちたような笑みだった。

「晃君がいなくても、ちゃんと自分の足で歩めるように。晃君に支えてもらわなくても、一人で立っていられるように。また会えた時に、変わった私を見てもらうの」

「俺も頑張らないと。自分で提案しておいて、再会したら俺だけなにも変わってなくて、素敵な女性になった葵さんに愛想をつかされるなんてことにならないように」

「お互いに少しだけ成長するためのお別れ……そう考えると前向きだよね」

「ああ。そういうこと」

その笑顔を見て安堵に胸を撫でおろす。

きちんと伝えることができたらしい。

「でも、晃君……」

「ん？　どうかした？」

なにか疑問を残させてしまったかと思って尋ねる。

すると葵さんは暗闇でもわかるくらい頬を赤く染めて視線を流した。

「本当にいいの……？」

「なにが？」

「その……なにもしなくて」

「そ、それは——！」

どういう意味かなんて聞き返すまでもない。

なんて答えようか迷ったが、今さら本心を隠してもしょうがない。

「正直、めちゃくちゃもったいないことをしたと思ってるよ……」

そりゃもう思春期男子的にこれ以上ないくらいもったいない。

据え膳食わずに我慢するの、これで二度目だからな。

「好きな人に対してそういう欲は……ある。格好つけてないで正直になれよって思う自分もいる。でも雰囲気や下心に流されてしまったら、それこそ先々後悔すると思うからさ」

「そっか……」

葵さんは少し残念そうな表情を浮かべると。

「せっかく晃君が選んでくれた下着、着けてるのに」

「そうなの⁉」

衝撃の事実をさらりと言った。

思わず食い気味に聞いちゃったよ。

「晃君が選んでくれた下着の方が喜んでくれると思って、その……こういう時のために取っておこうと思って、今日初めて着けたんだけど」

なんてこった……。

後悔が十倍になった気がする。

「……それもいつか再会した時のお楽しみってことで」

やせ我慢もいいところ。

涙を堪えて三度目の正直に期待していると。

「うーん。どうしようかなー」

「ええ、ダメなの⁉」

「その時に私にその気があるとは限らないし、晃君には三度も断られちゃってるし」

「ん？　三度……？」

おかしい。

俺的に据え膳食わないのは二度のはずなんだが、記憶違いだろうか？

一度目は一学期の終業式の数日前で、二度目は今この瞬間。

もう一回あるとすれば、その間の出来事なわけだが——。

「え……もしかして」

思い当たることが一つだけ頭をよぎる。

カウントするとしたらあの時しかない。

「もしかして卒業旅行のクリスマスイブの夜？」

「…………」

葵さんは耳まで真っ赤にしてごにょごにょなにかを言っている。

否定しないということは、つまりはそういうことだろう。

「いやでも、あの時はいいよって言われてないし」

「それは、その……察して欲しい……」

マジか……なんてこった。

自分の女心の理解度が低すぎて絶望に打ちひしがれる。

これだから彼女ができないんだと言われても言い返せない。

「その、なんかごめん……」

「しーらない♪」

葵さんは泉よろしく、からかうような口調で口にする。

ひとしきり楽しそうに笑うと、俺の胸に顔をうずめてきた。

「ねぇ晃君……なにもしなくていいから、朝まで一緒にいていい？」

「ああ。もちろん」

「ありがとう」

こうして俺たちは初めて一緒のベッドで眠りにつく。

これまで何度も対話を繰り返してきた俺たちだけど……この夜、初めて本当の意味でわかり合えた気がした。

第八話　いつか会える日まで

それから最後の日までは、言葉の通りあっという間だった。

残された学校生活を謳歌(おうか)しながら葵(あおい)さんと思い出を作りながら過ごし、とはいえ学生の本分である勉強を疎(おろそ)かにするわけにもいかず、毎度恒例のテスト勉強合宿など。

つまり、いつも通りの穏やかな日々が過ぎていった。

ちなみに、その後の葵さんについてだが元の葵さんに戻っていた。

いや、元の葵さんという言い方には語弊があるか。

お互いの心の内を話し合い、別れを悲しいものではなく、その先にある再会の希望と思えるようになった今、俺(おれ)と葵さんはこれまで以上に良好な関係になれたんだと思う。

まさに雨降って地固まるという言葉が相応(ふさわ)しい。

それは泉(いずみ)と瑛士(えいじ)も気づいたようで、多くを聞かずに見守ってくれていた。

＊

そして迎えた三月下旬――。

「晃(あきら)、キッチン周りの荷造りはほぼ終わったよ」

「ああ。ありがとう」

瑛士は新しいダンボール箱を組み立てながら続ける。

「グラスはまだ使うと思ったから出してあるから使わなければしまってよ」

「ああ。本当助かるよ」

終業式を翌日に控えた夕方、俺たちはいつものメンバーでうちに集まっていた。

なにをしているかといえば、ご覧の通り引っ越し準備の荷造り。

「それにしても、念のため晃に荷造りの進捗を聞いてみてよかったよ。まさかここまで進んでないとは思わなかったからね」

「すまん……」

「晃はその辺、しっかりしている方だと思っていたからさ」

そう言われると耳が痛い。

「自分たちだけで間に合うと思ったんだよ。だけど、正直見通しが甘かった……今まで引っ越しする時はほとんど母さんがやってくれてたから実感なかったんだが、転校手続きとか引っ越し業者の手配とか、なんだかんだやることが多くて時間がいくらあっても足りやしない」

その辺りを考えて準備しろと言われたら返す言葉もないんだが……。

とはいえ俺の段取りが悪い以外にも理由はあり、ぶっちゃけ家の荷物が多すぎる。

俺一人で生活するだけならこんなに家具や家電も必要ないが、家族が先に引っ越しする際、誰かしら頻繁に帰ってくるだろうという話になって家具の大半を置いていった。

その実は、日和曰く母さんが新居で家具を新調したかっただけという疑惑もある。

まぁ、そのおかげで葵さんに日和の部屋を使ってもらえ、勉強合宿の時に瑛士や泉に寝室を使ってもらえたわけだから、結果よかったことではあるんだけど。

つまり引っ越すのは俺一人だが荷物は家族四人分。

そりゃ終わるわけがないって話だ。

「それは最初からわかってたこと。晃の段取りが悪い」

「ぐぬぅ……」

なんて言い訳をしたら、手伝いに来てくれている日和に切り捨てられた。

ちなみに日和はつい先日、転校先の市内にある有名な女子高に無事合格した。

忘れていたわけじゃないが、日和は受験対策が理由で先に転校していたんだよな。

にも拘わらず夏休みは葵さんの祖母の家探しに協力し、学園祭の時はお茶菓子作りを教えにきて、年末年始、バレンタインには葵さんと泉にチョコレート作りを教えにきてくれた。

それで有名女子高に合格したんだからすごすぎる。

合格を祝いつつ『勉強もあるのに大変だっただろ？』と労いの言葉を掛けたら『段取りよ

く勉強したから一ミリも問題なかった』と自信満々に言い切られた時は返す言葉を失った。

おかげで日和に段取りが悪いと言われると、それこそ一ミリも言い返せない。

我が妹ながら優秀で兄は鼻が高いです。

「晃君、手が空いたから私もこっち手伝うよ」

肩身の狭い思いで荷造りをしていると、葵さんがリビングへやって来た。

「葵さんの部屋の荷造り、もう終わったの？」

「うん。元々は日和ちゃんのお部屋だから、実は私の荷物ってそんなになくて」

「そっか。じゃあ日和と一緒にリビングの荷造りお願いできる？」

「わかった」

葵さんが日和の元へ歩み寄ると、日和は嬉しそうにしながら一緒に作業を始める。

日和は俺と違い、しっかりしすぎているところがあって兄としては少し心配だったりするんだが、葵さんに懐くようになってから自分の感情を少しずつ表に出すようになった。

しっかりしているとはいえ、今はまだぎりぎり中学三年生。

年相応に楽しそうにしている姿を見ると安心する。

もしかすると葵さんと出会って一番変わったのは日和かもしれない。

「じゃあ、僕は洗面所の荷物をまとめようかな」

「ああ。よろしく頼む」

リビングを後にする瑛士の背中を見送ってから俺も気合を入れ直す。

荷造りが終わった後、今夜はみんなで日和の合格祝いをする予定。

いつまでも作業が終わらず時間がなくなってしまうなんてことだけは避けたい。

次は両親の寝室を片付けようと思った時だった。

「晃君のお部屋の荷造り終わったよ！」

泉が声を上げながらリビングへ戻ってきた。

「ああ。ありがとう」

「いえいえ、どういたしまして～♪」

本人の申告通り、泉には俺の部屋の荷造りをしてもらっていた。

自分の部屋くらい自分でやれよと言われそうだが、もちろん自分でやるつもりでいた。

だけど泉曰く『自分の部屋の荷造りをすると、あれこれ懐かしいものとかが出てきて手がとまるから一番効率が悪い』とのことで、なるほど一理あると思い任せることにした。

そのおかげか、ちょっと驚くほど早く終えて戻ってきた泉。

……なにやらちょっと様子がおかしい。

俺に一言モノ申したそうな目を向けている。

「どうかしたか？」

「どうしたもなにも……いやもう、なんて言えばいいやら……」

泉は呆れ口調で溜め息交じり。

すると、まさかのものを掲げやがった。

「おまっ、それどこから——」

泉が手にしていたのは、ずいぶん前に泉から貰ったカップルが致す時に使うゴム製品。

クローゼットの奥に隠したまま隠したことすら忘れていたし、そもそも隠した場所すら覚えていなかった。

そう、例えるならば、家族に見つからないように隠した成人雑誌の隠し場所を忘れ、隠していることすら忘れた頃に家族に発掘される悲劇、成人雑誌のタイムカプセル現象。

思春期男子なら誰もが一度は経験のある、まさに性春の一ページ。

それはさておき、まさかこのタイミングで発掘されるとは。

「ちょっと待て、まさかおまえ——」

それが使われているか確認するために俺の部屋の荷造りを引き受けたのか⁉

「備えあれば憂いなしと思ってあげてから約八ヶ月。使った痕跡なしって……」

泉はマリアナ海溝よりも深そうな溜め息を吐き散らかす。

いやいや、使う機会がなかったわけじゃないんだ。

少なくとも三回はあったけど言えるはずもない。

「どうやら晃君は、この先も使う予定はなさそうだし没収——えっ？」

泉が没収を宣言しかけた時だった。

荷造りをしていた葵さんが泉に駆け寄り、手にしていた箱を取り返した。

「「「……」」」

あまりにも意外な光景に泉も俺も日和も言葉を失くす。

すると葵さんは箱を大切そうに胸に抱き。

「その……予定がないわけじゃ、ないの……」

茹でダコみたいに顔を真っ赤にしながらうにゃうにゃ呪文のように唱えると。

「だからこれは、私が預かっておくの……」

そう言ってリビングから逃げ出していった。

「「「………」」」

予期せぬ展開に思わずみんな黙り込む。

まさか葵さんが泉から取り返すなんて夢にも思わない。

めちゃくちゃ気まずい空気になってしまったが、あえて誰も触れずに荷造りを再開。少しすると葵さんは戻ってきたが、しばらく真っ赤な顔で作業をしていた。

男として申し訳ないことをさせてしまった気がする……あとで謝っておこう。

その後、なんとか荷造りを終えた俺たちは日和の合格祝いを開始。

ピザやお寿司を頼み、近くのコンビニでお菓子や飲み物を買ってきて盛り上がる。

こうして五人で集まってバカ騒ぎをするのも、次はいつになるかわからない。

きっと誰もが時間を惜しむ気持ちを抱きながら、でも微塵も顔に出さない。

それはきっと、誰もがこれが最後じゃないとわかっているから。

またこうして集まる日が来るんだから悲しむ必要はない。

その夜、俺たちは終わることのない会話を楽しみ続けた。

*

翌日、滞りなく終業式を終えた後のこと――。

最後のホームルームでクラスメイトと別れを済ませた俺は、一人校内に残っていた。

明日からの春休みを喜びながら下校するみんなを見送った後、当てもなく校内を見て回っているのは、きっと自分が思っていた以上に名残惜しさを感じているからだろう。

「それにしても、みんな最後なのにずいぶんあっさりしてたな……」

別にドラマみたいな感動的な別れを期待していたわけじゃない。

とはいえ、少し寂しさを感じているのも正直なところ。

諦めることばかり上手くなり、寂しいとすら思うことがなくなっていた過去の転校と比べれば、この胸を締め付ける感情は喜んでいいはずだろう。

それだけこの学校で過ごした日々が大切だった証拠なんだから。

まるで思い出の一つ一つを拾い集めるように校内を巡る。

「この景色も見納めか……」

そうして最後にやって来たのは屋上。

昇降口を抜けると、春の陽気の中、雲一つない青空が広がっていた。

手すりに身体を預けながら校庭に視線を落とすと下校する生徒の姿が目に付く。

敷地内に植えられている桜は満開で、上から見下ろす桜もまた違う美しさだった。

「なんだかんだ、学校の中で一番思い出深いのはここだよな」

葵さんの印象を改善するためにテストで良い点を取ろうと、泉が勉強合宿を提案してくれたのはここだったし、葵さんが母親の元へ帰ったことを瑛士と泉に伝えたのもここだった。

学園祭の後に花火を見上げながら、葵さんへ二度目の恋をしたのもこの場所。

いつも座っていたベンチに腰を掛けて空を仰ぐと、ふと本音が漏れた。

「――転校なんて、したくなかった」

気持ちの整理はついている。

その言葉に嘘偽りはないし、強がりを言っているわけでもない。

だが気持ちの整理がついていることが、転校を受け入れているという意味じゃない。

もちろん、別れが俺と葵さんの自立や成長に必要なことだと思っているし、この別れをポジティブなものにしたいと心から思っているのも本当だ。

それでも転校がなかったら、葵さんとの関係も他の選択肢があったはず。

お互いの弱さや脆さを自覚しながら、それでも手を取り合って歩みを進める——傍にいられるからこそ描ける未来の形だってあったかもしれない。

よく人は『たられば の話なんてしても仕方がない』と言う。

まるで後から可能性の話をするのは悪いことだと言わんばかりに口にするが、時には『たられば』の話をすることで救われる心や満たされる想いだってあるはずだ。

だから最後くらい、好きなことを言わせてくれ。

「……帰るか」

それからどれくらい空を眺めていただろうか。

お昼を過ぎ、頬を撫でる春の風が暖かくなり始めた頃、俺は屋上を後にする。

先に帰ってもらった葵さんを、いつまでも待たせ続けるわけにもいかない。

引っ越しは明日だが、残された時間はずっと葵さんと一緒に過ごそう。

気持ちを切り替えて屋上を後にし、教室に戻った時だった。

目にした光景に思わず目を疑った。

「葵さん……？」

教室には一人窓際で佇んでいる葵さんの姿があった。

窓から吹き込む風に髪をなびかせながら外を眺める姿が絵になっていて、しばらく見惚れて
しまっていると、葵さんは俺に気づいて振り返り柔らかな笑みを浮かべた。

「もういいの？」

「先に帰ったんじゃなかったの？」

「戻ってきちゃった。最後は晃君と一緒に帰りたくて」

「……ありがとう」

鞄を手にして葵さんと一緒に教室を後にする。

ドアを抜けて振り返り、最後にもう一度教室に目を向けた。

「色々あったな……」

「うん。色々あったね……」

もう二度と通うことのない教室に別れを告げる。

すると、様々な思い出がフラッシュバックした。

──高校生活への期待と一人暮らしの不安を抱えながら始まった新生活。

──紫陽花が美しく咲き誇る雨の公園で葵さんと出会った日のこと。

──夏休みや学園祭、それらにまつわる思い出の数々。


今日に至るまでの思い出が、まるでドラマの回想シーンのように蘇る。

思い出だけではなく、その時に感じた想いも再現されて胸の奥から溢れてくる。

喜びも怒りも哀しみも楽しさも、そして愛おしさも──おおよそ言葉で形容される全ての感情が心を巡ったせいだろうか、気を抜くと涙が溢れてしまいそうだった。

「晃君……」

葵さんは俺の気持ちを汲むように手を握り締めてくれる。

「帰ろう」

「うん」

俺は葵さんの手を握り返して教室を後にする。

思い残すことはないが、少しだけ想いを残していこう。

なにもこれが今生の別れではないのだから。

＊

学校を後にした俺たちは、葵さんのアルバイト先の喫茶店へ向かっていた。

店長にはお世話になったから挨拶をしたいと思っていたものの、今日じゃなくて明日、この街を離れる前に顔を出そうと思っていたんだが、葵さんに用事があるらしく向かうことに。

なんでも急ぎの用事らしいけど、今後のシフトの相談だろうか？

祖母の家に引っ越すと通学時間が延びるから働ける時間は限られるだろうし。

なんて思いながら喫茶店へ到着したんだが。

「本日貸し切り？」

入り口のドアに、そう書かれた紙が貼られていた。

どうしようかと思った直後、ドアが開いて中から店長が出てきた。

「いらっしゃい。どうぞ中へ」

「でも、貸し切りって――」

尋ねる間もなく葵さんに背中を押されて中へ入る。

次の瞬間、思わず疑問の声が溢れた。

「どういうことだ……？」

目にしている光景を前に状況が理解できない。

喫茶店にはクラスのみんなが勢揃い、盛大な拍手で迎えられ、店内はまるで今からパーティーでも始まるんじゃないかと思うほどに派手な飾り付けがされていた。

「さあ、主役が来たところで始めよっか♪」

拍手がやみ、そう声を上げたのは泉だった。

相変わらず説明もなしに場を進めようとする。

「泉、毎度申し訳ないが説明をしてくれ」

「今回は説明しなくても見たらわかるでしょ？」

泉があえて説明を省いたとでも言いたそうにしながら壁を指さす。

そこには紙で作った『送別会』という文字が貼られていた。

マジか……。

「……いつの間に準備してたんだ？」

「昨日だよ」

答えたのは泉の隣にいる瑛士だった。

「僕らが晃の家で荷造りを手伝っている間、クラスのみんなに飾り付けをお願いしたんだ。一日で準備するのは大変だったけど、みんな頑張ってくれたおかげで間に合った」

説明する瑛士の隣で泉がドヤ顔を浮かべながら頷いている。

なるほど……実は昨日の荷造り、泉と瑛士から手伝うと申し出てくれた。

その時は気づかなかったが、今にして思えば万が一にも俺が喫茶店に足を運ばないように、なにかあれば三人で俺を足止めしようという意図もあったんだろう。

「葵さんが計画してくれたの？」

「ううん。今回は違うの」

「じゃあ泉か瑛士？」

それでも葵さんは首を横に振る。

「クラスのみんなが、晃君の送別会をしたいって言ってくれたの」

思わず胸が詰まった。

「私や泉さんや瑛士君がやろうって言ったわけじゃなくて、みんなから送別会をやりたいから学園祭の時みたいにここを借りれないかって相談されて、私が店長にお願いしたの」

……なんかもう言葉がない。

込み上げてくる感情が溢れないように唇を噛んで我慢する。

ホームルームが終わった後、妙にみんなそそくさと帰るなと思っていたんだ。

感動の別れとは言わないまでも、もう少し別れを惜しむというか、なにかあってもいいんじゃないかと、正直寂しく思っていたんだが……まさかこのためだったとは。

とんだサプライズすぎるだろうが。

「じゃあみんな、乾杯するからグラスを持って」

みんなテーブルに用意されている飲み物の入ったグラスを手に取る。

泉は全員に行き渡ったのを確認すると、俺の正面に立って向き合った。

「晃君――一年間、色々ありがとう」

向けられる口調も瞳も、いつもの泉らしくない。

かつて見たことがないほどに真剣だった。

「晃君がこのクラスにいてくれてよかった。きっと晃君がいなかったら、わたしたちの気持ちがこんなに一つになることはなかったと思う。晃君が葵さんのために頑張る姿は、わたしたちに誰かを想う大切さを教えてくれたよね。きっとそれは離れ離れになっても、いつか卒業しても、みんなの今後の人生において財産になると思ってる。本当にありがとう」

ずるいよな……。

「こうして全員で集まる機会はなかなかないかもしれないけど、転校してもわたしたちはクラスメイト。転校なんかで途切れる縁じゃないから、なにかあったらいつでも連絡してね」

いつも冗談ばかりの泉にこんなふうに言われたら、嫌でも胸にくるだろうが。

「あんまり長々話してもあれだから、最後にもう一つだけ」

「ん？　なんだ？」

すると一転、泉の口調がいつもの調子に戻る。

「晃君はわたしのことを世話焼きだとか、お節介だとか散々言ってくれたけど、正直わたしより晃君の方がよっぽど世話焼きだと思うんだよねぇ。みんなその辺、どう思う？」

泉が不満そうに言うと、一斉にクラスメイトから同意の声が上がった。

マジか……みんなもそんなふうに思っていたのかよ。

「まぁでも……最近はちょっと自覚あるよ。悪かったって」

「わかってるならよろしい♪」

泉は満足そうな笑みを浮かべるとグラスを掲げる。

その姿に合わせてみんなもグラスを掲げた。

「晃君の転校先での活躍を願って、かんぱーい♪」

みんな一斉に声を上げ、こうして俺の送別会は始まった。


その後、送別会は十八時過ぎにお開きとなった。

始まったのがお昼頃（ごろ）なのを考えると長い時間騒いでいたはずなんだが、不思議と短く感じたのは、それだけ俺が楽しみつつも別れを惜しんでいたからかもしれない。

得てして、楽しい時間や限りのある時間は短く感じるもの。

正直もっと話をしていたいと思ったくらいだ。

「終わったな……」

店内には奥で片付けをしている店長の他、いつもの四人が残っていた。

誰も帰り支度をしようとしないのは、誰もが帰る気になれないからだろう。

だが、ずっとこうしているわけにもいかない。

何事にも終わりは必ずあるんだから。

「そろそろ、俺たちもお開きにしようぜ」

最後くらいは俺が切り出すべきだろう。

そう思い席を立って帰り支度を始める。

「そうだね」

俺に続いて瑛士と葵さん、最後に泉も荷物をまとめ始める。

みんなが帰り支度を進める中、先に支度を終えた俺は店長の元へ挨拶に向かう。

店長は俺に気づき、作業の手をとめて向き直ってくれた。

「店長、今までお世話になりました」

「こちらこそ。転校先でも頑張って」

「ありがとうございます」

店長はそう言って手を差し出してきた。

「これからも、どうか葵さんをよろしくお願いします」

俺はその手を握り返し、頭を下げながらお願いする。

「葵さんを取り巻く問題は解決しましたが、葵さんの事情を知る人や、頼れる大人は決して多くありません。もし葵さんが困っている時は手を差し伸べてもらえると嬉しいです」

「もちろん。確かに任された」

俺の手を握り返す手に力が籠もる。

言葉以上に信頼できる返事だった。

「よし。じゃあ帰るか」

俺たちは店長に挨拶をして喫茶店を後にする。

「晃」

お店の前に出ると、すぐに瑛士が俺に手を差し出してきた。

俺は先ほど店長とそうしたように瑛士の手を握り返す。

「僕と泉はここでお別れだ。明日は見送りに行かない」

それも瑛士と泉なりの気遣いだろう。

「わかった。今まで世話になったな」

「僕の方こそ。二度目の再会を楽しみにしているよ」

別れの挨拶にしては簡潔すぎるが、多くを語らないのが瑛士らしい。

思えば瑛士とは幾度となく語り合ってきたんだから、今さら余計な言葉は不要だろう。

「泉――」

最後に泉とも言葉を交わそうと思ったんだが……。

泉は瑛士の後ろに隠れて明後日（あさって）の方を向いていた。

「わたしは送別会の最初にお別れの挨拶を済ませたし、改めて話すことなんてないけど？」

平静を装おうとしているが、声が震えているのは隠せていない。

瑛士は察してあげてくれと言うように俺に視線を向けて頷いていた。

そうだった……泉はいつも元気すぎるくらいだが、こういう一面もあるんだった。

ショッピングモールで初めて葵さんの事情を知った時や、学園祭で葵さんと葵さんの父親の思い出である抹茶プリンを再現してメニューに加えたいと言った時もそう。

いつも自分のことのようにぼろ泣きしながら葵さんに抱き付いていた。

今は相手が俺だから涙を見せないようにしているんだろう。

「そうか。でも俺から泉への挨拶は済ませてないから聞いてくれるか？」

泉は黙って鼻をすする。

「俺は世話焼きなだけじゃなくて、意外と心配性なところがあるらしくてさ。いつも泉の明るさや前向きさに救われてた。きっと――いや絶対、おまえがいなかったら俺も葵さんも、こんな気持ちで今を迎えられてなかったと思う」

心の底から、口にしている今ですら思う。

「だから、ありがとうな」

「……ん」

瑛士はそんな泉の頭を優しく撫でていた。

「じゃあ、僕らはこれで」

「ああ。気を付けて帰れよ」

二人は振り返ることなくその場を後にする。

その姿が見えなくなるまで葵さんと二人で見送っていた。

「俺たちも帰ろうか」

「うん」

どちらからともなく手を繋いで喫茶店を後にする。

すでに日が落ちて暗くなった街を歩き、自宅の近くまで来た時だった。

「…………」

俺と葵さんはふと足をとめた。

お互いの視線の先には、あの日――俺たちが出会った公園。

自然と足は公園の中へ続き、葵さんが座っていたベンチの前に立つ。

「ここから始まったんだよな……」

「うん……」

お互いに感慨深いのは思い出のせいだけじゃない。

「あの日、雨の中咲いていた紫陽花も綺麗だったけど……」

「……今みたいに桜に覆(おお)われた景色も綺麗だね」

まるで祝福するように桜の花びらが舞い落ちる中、並んでベンチに腰を掛ける。

俺たちは満開の桜のように、思い出話に花を咲かせた。

*

翌日の午前中——。

引っ越し業者に荷物を運び出してもらった後、俺たちは駅に来ていた。

俺が乗る新幹線が到着するのは二十分後。

葵さんが祖母の家に向かう電車の方が早かったが、俺を見送りたいという葵さんの言葉に甘え、葵さんの分の入場券を買いホームで新幹線が来るのを待っていた。

ベンチに並んで座り、別れを惜しむように固く手を握り締める。

自然と口数が減ったのは胸を締め付ける痛みのせいだろう。

お互いに気持ちに折り合いはついている。

この別れがポジティブな未来に繋がっているとも信じている。

——ただ、それが今この瞬間、悲しまない理由にはならないだけ。

そして時間は流れ、新幹線の到着を告げる音楽とアナウンスが流れる。

葵さんと手を繋いだまま立ち上がり、乗車位置に列を作る人の後ろに並んだ。

新幹線がゆっくりとホームに進入し、ドアが開くと並んでいた人たちが中へ入っていく。

「じゃあ、行くよ」

「うん」

後ろ髪を引かれる思いで繋いでいた手を離し、新幹線に乗り込む。

車内から葵さんと向き合うと発車を知らせるベルが鳴り響いた。


「晃君……きっとまた、会えるよね？」

葵さんは胸元(むなもと)に輝く紫陽花のネックレスを握り締めながら口にした。

笑顔で涙を流す葵さんの姿を見た瞬間、ずっと堪(こら)えていた感情が弾けた。

葵さんが祖母と再会した時も、父親と親子関係を再開できた時も我慢できた。

学園祭でクラスのみんなが葵さんのために頑張ってくれた時も、サプライズで送別会をしてもらった時も、泉に別れの言葉を掛けた時ですら自制することができた感情。

それが葵さんの涙を見た瞬間に抑えられなくなった。

自分の頬を伝う感触——息ができなくなるほどの切なさを覚える中、俺も首から下げている紫陽花のネックレスを握り締め、笑みを浮かべながら誓いのように言葉を紡ぐ。

「ああ……もちろん！」

ドアが閉まると同時、ゆっくりと新幹線が動き出す。
すぐに葵さんの姿が見えなくなり、思わず膝からその場に崩れ落ちた。
決して悲しいだけの別れじゃない——そう頭では理解している。
それでも胸に穴が開いたような喪失感を覚えずにはいられない。
クラスのぼっちギャルをお持ち帰りして清楚系美人にしてやってから九ヶ月。
こうして俺と葵さんの同居生活は終わりを告げ、二度目の別れが訪れたのだった。

Epilogue エピローグ

転校先での学校生活は思っていた以上に順調だった。

俺にとって新しい環境に馴染むことはそう難しいことじゃないが、思いのほか上手く溶け込むことができたのは、年度始めで新たな人間関係ができあがる前だったのも理由だろう。

それでも今回、これまで経験してきた転校とは明らかな違いを感じていたりする。

それはきっと、俺自身の心持ちがそう感じさせているんだろう。

かつてのように、いずれ訪れる別れに備えて予防線を張る必要はなく、引っ越したら関係がリセットされてしまうと悲観する必要もなく、人との出会いを諦めなくていい。

そう思えるようになったのは、瑛士や泉、そして葵さんのおかげ。さらに言えば、クラスのみんなが離れ離れになっても変わらない友情があると教えてくれたから。

なんてことはない。

別れを諦めていたのは、俺の勝手な思い込みのせいでもあった。

自分の心持ち一つで、今まで見ていた景色の色が違って見えただけの話。

それはなにも今回の件に限らず、様々な状況や場面で起こり得ることなんだろうな。

そう思うと、過去の転校はずいぶんもったいないというか、損な立ち回りをしてきたように思ってしまうが……きっとそれも、この考えに至るために必要なことだったと思う。

今になってそう思えること自体、きっと幸せなことなんだろう。


とはいえ、みんなと別れたことを寂(さび)しいと思う気持ちがあるのも事実。

瑛士や泉はもちろん、特に葵さんと会えない寂しさはずっと心の片隅にある。

あの日以来、葵さんと連絡を取っていても常に喪失感にも似た感情が付き纏(まと)っていた。

だけど新しい環境で過ごす日々は、そんな寂しさや喪失感を紛(まぎ)らわせてくれるくらいには慌ただしく、そんな時間が嫌でも自身の内面と向き合ういい機会になったんだろう。

それは葵さんにとっても同じことが言えるらしい。


『今まではお互いを想(おも)う気持ちにフォーカスを当てすぎていたけど、物理的な距離の遠さと一人で過ごす時間が、徐々に私たちの感情を穏やかにしてくれたんだと思う』

先日、久しぶりに通話をした時に葵さんは穏やかな口調でそう言っていた。

改めて思う――この別れは、お互いの精神的自立のために必要だったと。

そうして日々は過ぎ、ようやく新生活に慣れた頃。

気づけば春が終わり、梅雨が明け——四ヶ月が過ぎた七月下旬。

「晃（あきら）、忘れ物ない？」

「ああ、大丈夫だと思う」

夏休みに入って一週間後の朝。

俺は出かける準備を済ませ、玄関先で荷物を手に日和（ひより）と向き合っていた。

「私は予定があるから一緒に行けない。後から行くから、みんなによろしく」

「一足先に向こうで待ってる。日和も気を付けて来いよ」

「うん。いってらっしゃい」

「いってきます」

日和に見送られながら家を後にする。

額から汗がにじむほどの暑さが体力を奪う中、それでも足取りが極（きわ）めて軽いのは、一ヶ月前からこの日を心待ちにしていたから——葵さんと再会できる今日という日を。

「四ヶ月ぶりか……」

思い出として懐かしむには短すぎる。

とはいえ会えない時間としてはあまりにも長い。

だけど、自分の想いを見つめ直すにはちょうどいい期間だったように思う。

足をとめてスマホを手にし、葵さんへ『今家を出たよ』とメッセージを送る。すると画面から目を離すよりも早く『気を付けて帰ってきてね！』と返信があった。

普段は滅多に『！』なんて使わない葵さんが使っているのを見る限り、楽しみにしていたのは俺だけじゃないとわかって安心する。そんな葵さんがちょっと微笑ましい。

「さて、行くか！」

葵さんと再会するのは新幹線のホームで別れて以来のこと。

数時間後には会えると思うと、それだけで自然と口元がほころんでしまう。

あの日、別れ際に交わした再会の約束を果たすため、お互いに自立し成長した姿を見せ合うため。そしてなにより、会えない時間で育んだお互いの想いを確かめ合うため。

葵さんに会いに行く理由なんて、並べ出したらきりがない。

話したいことだって山ほどある。

でも――――今はただ、葵さんに会いたい。

逸る想いを抑えられず、俺はスマホをしまい足早に最寄り駅へと向かう。

今年は去年以上に暑く、そして思い出深い夏休みになりそうな予感がしていた。

クラスのぼっちギャルを
お持ち帰りして
清楚系美人にしてやった話

あとがき

みなさん、こんにちは。柚本悠斗（ゆずもとはると）です。

早いもので、ぼっちギャルも四巻になりました。

そして今巻が、柚本のラノベシリーズでは初の四巻となりました。

これも応援していただいたみなさんのおかげ、本当にありがとうございます。


さて、毎度お伝えしていますが、今作はＹｏｕＴｕｂｅチャンネル『漫画エンジェルネコオカ』にて、私がシナリオを担当した漫画動画を小説として書き下ろしたお話です。

漫画エンジェルネコオカでは現在七話まで続編を公開中なのですが、なんと小説で四冊かけて、まだ漫画動画の一話が終わったところという超スローペースの進行となっています。

単純に漫画動画の話数×四冊――とはいきませんが、このペースでいくと完結まで何冊かかるんだろうと思いつつ……まずは目の前の一冊を楽しんでいただけるように頑張ります。

ぜひ次巻から始まる遠距離恋愛編にご期待ください。

そしてこちらもお伝え済みですが、今作はコミカライズが決定しています。

最初の発表は二巻が発売した頃だったので大変長らくお待たせしましたが、いよいよ小説四巻の発売と同月、この九月から連載が始まる予定です。

詳しい情報は私や担当のジョー氏、ＧＡコミック公式のＴｗｉｔｔｅｒで発表されていると思いますので、こちらをフォローしつつ確認してみてください。

今後は漫画動画や小説だけでなく、コミックでも楽しんでもらえると嬉しいです。


最後に、いつものように関係各位への謝辞です。

引き続き小説のイラストをご担当いただいているｍａｇａｋｏ様。

今巻も素敵なイラストをありがとうございました。個人的に、口絵三枚目が特に最高の一枚でした。この葵の姿を見るために、今日まで物語を書き進めてきたのだとすら思います。

そして、漫画エンジェルネコオカにて漫画動画をご担当いただいているあさぎ屋様。

小説化にご協力をいただいている漫画エンジェルネコオカ関係者の皆様。

いつもお世話になっている担当氏、編集部の皆様。先輩作家の皆様。

なにより手に取ってくださった読者のみなさん、ありがとうございます。

また次巻でお会いできれば幸いです。

クラスのぼっちギャルをお持ち帰りして清楚系美人にしてやった話

5分経過
ソワソワ

15分経過
ソワソワ
カタ
カタ
カタ
カタ

は……
くちゅん!
!
大丈夫?
やっぱり
帰る?
ううん
せっかく
待ったから…
だよね
……

!
ふぃわっ

どう?
暖かい?
え…アキラ君
寒いでしょ?
いいから
いいから
でも…

アキラ君が風邪
引いちゃうから
いいよ
いや
アオイさん
こそ
私は
大丈夫!
バサ
バサ

だけど…
あったか〜い♡
寒くない?
ぜ〜んぜん♡

……

……
……

…確かにこれは暖かいね…
うん…風邪ひかなさそうだね…
暖かい…っていうか
いろんな意味で熱い!!
思った以上に…
一体感が凄い…!!
ぴったりー♥
※コート内部の映像

なんだコレ
高揚感ハンパない…
なぜだ…?!
公衆の面前だから?!
一つの衣服を共有してるから?!
ドキ
ドキ
コートの中で
暖められた空気が
上昇気流に乗り
濃厚な香りとなって
脳へダイレクトに
ドキ
ドキ
あ、ヤバい
めちゃめちゃ
興奮してきた
ドキ
ドキ
いやいや鎮まれ
俺の煩悩
心頭滅却すれば
…
アキラ君

ちょっと固くなってる
ええっ?!?
ドキッ

嘘?! マジで?!
ご、ごめんこれはそういう生理現象だから自分ではなかなかコントロールが
肉まん
……へ?
さっきコンビニで買ったの忘れてた
冷え〜
もうすっかり冷えて固くなってるの

おうち帰ったら温め直さなきゃ…

……どうしたの?
ナンデモアリマセン…
恥ずかしすぎてしにそう…
ちなみにライトアップは無事撮影できました
わ〜キレイ〜
……
それどころじゃない人

ただただもう幸せになってくれとしか言いようのない二人…。
末永く推していきたいとおもいます。

キャラクター原案◆あさぎ屋

ファンレター、作品の
ご感想をお待ちしています

〈あて先〉

〒106－0032
東京都港区六本木2－4－5
SBクリエイティブ（株）
GA文庫編集部 気付
「柚本悠斗先生」係
「magako先生」係
「あさぎ屋先生」係

本書に関するご意見・ご感想は
右のQRコードよりお寄せください。

※アクセスの際や登録時に発生する通信費等はご負担ください。

https://ga.sbcr.jp/

クラスのぼっちギャルをお持ち帰りして清楚系美人にしてやった話 4

発　行　　2022年9月30日　初版第一刷発行

著　者　　柚本悠斗
発行人　　小川　淳

発行所　　SBクリエイティブ株式会社
〒106−0032
東京都港区六本木2−4−5
電話　03−5549−1201
03−5549−1167(編集)

装　丁　　AFTERGLOW

印刷・製本　中央精版印刷株式会社

ISBN978-4-8156-1658-8

Printed in Japan　GA 文庫